ぼくの嘘

藤野恵美

角川文庫
18975

Chapter 1

誰かを好きにならないということ。

人を好きにならずにすむ方法があるのなら教えてほしい。

切実にそう思う。

絶対に、好きになってはいけない相手。

なぜなら、彼女は……。

親友の恋人だ。

つきあうことなどできるはずもない。それどころか、思いを寄せていると知られることすら致命的。そんな相手に、恋をするなんて不毛もいいところだ。

だから、決して、ぼくは彼女のことを好きになんてならない。

好きになっては、いけない。

頭ではそう、わかっているのに……。

「それでね、古賀《こが》くんってば、結局、ホラーハウスには入るのやめようって言い出したんだよ」

そう言って、森《もり》さんはくすっと笑って、となりを見あげた。

森せつな。

黒髪ストレートで、目立つほうではないが、実はかなりの美少女。

ぼくのクラスメイト。それ以上でも、それ以下でもない関係。

森さんの視線の先では、ぼくの幼なじみである古賀龍樹《りゅうき》が弁当を食べている。

「いや、それはべつに、怖いとかじゃなく、すっげえ並んでたからだって！」

龍樹はわざわざ箸《はし》を止めると、大きく手を振りながら、全力で否定した。

「あー、連休の遊園地なんて、混んでそうだよな。しかも、ホラーハウスって『迷宮病院』だろ？　この間もテレビで紹介されてたし」

パンをぱくつきながら、ぼくは相づちを打つ。

彼らは恋人同士で、ぼくはデートの報告を受けているのだ。

昼休み、高校の屋上。

もともと、ぼくと龍樹は一緒に弁当を食べることが多く、そこに森さんも加わることになり、いや、つきあっているふたりに挟まれて昼食とか、いたたまれないし……というので、ぼくは部室で食べるようにしていたのだが、先輩が部室の鍵《かぎ》を持ったまま修学旅行に出てしまい、また、こうして三人での昼食となっているのだった。

ちなみに、ぼくには恋人がいない。これまでにいたこともなければ、この先もおそらくないだろう。

運動神経は皆無、いかにもモテなさそうな地味な外見、クラブ活動はパソコン部、趣味はゲームとアニメ鑑賞。それが、このぼく、笹川勇太《ささがわゆうた》である。恋人がいるわけがない。

「そうそう。信じらんないような行列で、二時間も待つとか無理だろ」

「ま、助かったじゃん。行列していたおかげで、醜態をさらさずにすんで。龍樹、あいうの苦手だもんな」

「いやいや、だから、びびってないから！　ホラーハウスとか、全然、平気で入れるから！」

「あのホラーハウスって、リアル怪談系っていうか、幽霊が出るって噂の廃墟《はいきょ》になった病院を探索するってアトラクションだろ。まさに、龍樹がもっとも苦手とするタイプだもんな。ほら、小学校のときにも……」

「ああっ、勇太！　まさか、じいちゃん家《ち》で肝試しをやったときの話をする気じゃないだろうな！　待て、やめろ！」

「なあに？　肝試しって？」

森さんは軽く小首をかしげて、こちらをのぞきこんでくる。

おーい、龍樹、ぼくは何も言っていないのに、自分で墓穴を掘っているぞ……。

「いいよっ、その話は！　やめろって！　勇太、頼む！　やめてくれー」

龍樹はぼくの腕をつかんで、必死で止める。

まあ、小学生のときに肝試しでびびりまくって、池に落ちて、そこに集まってきた鯉が怖くて泣きじゃくった……なんて話、つきあっている彼女に知られたくないだろう。

武士の情けだ。見逃してやるか。

「そういや、森さんはホラー映画好きってことは、お化け屋敷とかも平気なほう？」

話題の矛先を変えると、森さんは少し考えて、こくりとうなずく。

「そうだね。あまり、きゃあきゃあ言って怖がったりしなくて、ディテールとか演出とか見ちゃうから、嫌なタイプのお客さんだと思う」

彼女はおとなしそうな外見とは裏腹に、ホラー映画やホラー小説が好きという趣味の持ち主なのだ。スティーヴン・キングや乙一《おついち》くらいならまだしも、ケッチャムとか読んでいるのだから、なかなかのつわものだ。

「彼女としても可愛げがないよね」

うわ、切り返しに困るセリフが出たぞ。

薄暗いお化け屋敷に入って、彼女が「きゃあ、こわーい」とか言ってしがみついてくるなんていうベタな展開、まあ、リアルにはないよな。

「えーと、でも、ほら、マジで怖がって歩けなくなってリタイアするよりいいんじゃない。自分の足で歩く系って、進めなくなって困る客もいるらしいし。その点、カートに乗っていくやつはいいけど、怖さはいまいちだよな」

「ディズニーランドのホーンテッドマンションとか？　でも、わたし、ああいうのも結構好き」

「ディズニーといえば、ティム・バートンの『ナイトメアー・ビフォア・クリスマス』とか、森さんの好みのツボを突いてる気がする」

「うん、好き好き！」

森さんの声が弾んで、目が輝く。

うっ、これは、攻撃力が高いぞ。

耐えろ、耐えるんだ、ぼく……。

だいたい、中学三年間において、記憶に残っている女子と交わした会話といえば「プリント落ちたよ」「あ、どうも」という一言くらいのものだった。

そんなぼくにとって、女子との会話が盛りあがるなんて、奇跡に近い。

だから、舞いあがってしまうのは仕方がないんだぜ？

そう、みっともないけれど、これはただ単に、ぼくの女子耐性が低いからどきどきしているというだけで、ほかに特別な意味なんてない……。

「笹川くん、『エド・ウッド』は観た？」

「当然。あと、ティム・バートンだと『ビッグ・フィッシュ』も泣けるよなあ。オチっていうか最後に……」

「あっ、まだ観てないから言わないで」

「おお、そうなんだ。観てないとは」

「なんか、泣ける系と言われると、手が伸びなくて。我ながらひねくれ者だと思うけれど」

「あれは観ておくべきだって。絶対おすすめだから」

「うん、笹川くんがそう言うなら観てみる。あと『シザーハンズ』もいいよね。ものすごく切なくて」

「古いけど、名作だよな。ジョニー・デップがはまり役だし、ラストの雪のシーンが冒頭につながってる演出が印象的で……」

好きな映画の話が通じるだけでこんなに嬉《うれ》しいとか、ぼく、どんだけ友達少ないんだよ。

同好の士を見つけると、テンションがあがってしまう。つまり、この胸の高鳴りは、相手が異性であるとかそういうことは関係なく、自然の摂理なのだ。

というか、ぼくと森さんの会話に、龍樹が入ってこられなくて、まずいかも。

龍樹は自分のついていけない話題だからってすねたりするようなやつじゃないけれど、それでも、彼女がほかの男と楽しそうに話をしていたらいい気分はしないだろう

……とか思って、そっちを見てみると、寝てるし！

すっかり弁当箱を空にした龍樹は、いつのまにかごろりと横になって、気持ちよさそうに寝息を立てていた。

「おーい、龍樹。なに、寝てるんだよ」

「うん？　あー、いい天気だし。おれのことは気にせず、話し続けて」

眠そうに目をこすりながら、龍樹は寝返りを打つ。

まったく気にしていなさそうだ。

彼氏の余裕ってやつだろうか。

「おれはもうちょっと昼寝……って、あ、だめだ、次、体育だった」

思い出したようにつぶやくと、龍樹はひょいっとジャンプして立ちあがる。

「遅れたらグラウンド五周とか言われるもんな。めんどくせー」

ぶつくさ言いながら弁当箱を持って、ドアのほうへと向かう。

「そんじゃ、森さん、また放課後」

「うん、またあとでね」

森さんはにっこり笑って、小さく手を振る。

ぼくと森さんをこの場にふたりきりで残すことについても、龍樹はなんら警戒感を持たないようだ。

龍樹の姿がドアの向こうに消えた後、ぼくはいたって落ち着いた口調で言う。

「龍樹と、うまくいっているみたいで、よかったよ」

これは本心だ。

嘘偽りなく、ぼくは本当にそう思っている。

「うん、おかげさまで」

はにかむような表情で森さんはうなずいた後、「あっ」とつぶやいた。

「今日って、進路指導だった」

そう言うと、森さんはあわてて立ちあがる。

「いけない。忘れてた。一緒に帰れないって、古賀くんに言いに行かなきゃ。ごめん、笹川くん、わたしも先に戻っとくね」

「ほいほーい」

ぱたぱたと森さんの足音が遠ざかっていく。それを聞きながら、ぼくの胸には寂しさよりも、ほっとした気持ちが広がっていた。

ふう−っと大きく、溜息《ためいき》をひとつ。

ああ、疲れた。

精神力、消費しすぎだ……。

先ほどまでのやりとりを頭の中でリプレイして、チェックする。

うん、大丈夫。多少、挙動不審なところはあったかもしれないが、許容の範囲内だろう。

ぼくは森さんにとって、彼氏の友人。

それ以上でも、それ以下でもない関係をきちんと保てていたはずだ。

しばらくひとりで休むと、残っていたジュースを飲み干し、大きく伸びをして、立ちあがる。

そのとき、視界の端に白っぽいものが見えた。

一瞬、子猫かなんかがうずくまっているのかと思ったが、高校の屋上にそんなものがいるわけもない。

それは、さっき、森さんが身につけていた上着だった。

屋上は暖かかったので、彼女は途中で上着を脱ぎ、そのまま置き忘れてしまったのだ。

ぼくは、その上着のほうへ近づく。

カーディガンというのだろうか。

冗談みたいにふんわりと柔らかそうな素材の薄っぺらい服だ。いかにも女子の着る服だという気がする。

忘れ物なんだから、届けるのが当然だよな。

誰に言うでもなく心の中でつぶやくと、ぼくはしゃがんで、その上着に手を伸ばす。

そして、両手ですくいあげるようにして、そっと持ちあげる。

このまま、教室に戻って、まったく普通の口調で「これ、忘れていたよ」と告げて、森さんに渡せばいい。なにも、難しいことはないはずだ。

頭ではそう理解できているのに、なかなか、立ちあがることができない。

ぼくは手に彼女の服を持ったまま、打ちのめされたように、その場から動けなくなっていた。

この服を着ている森さんのことを、龍樹は抱きしめることができるんだ。

考えまいとするのに、そんなことが頭に浮かんでしまう。

ぼくには、絶対に、できないこと。

彼女をこの手で……。

こうして抱きしめるなんて……。

地面に膝《ひざ》をついた姿勢で、ぼくは天女の落とし物のようなそれを虚《うつ》ろにかき抱く。

一瞬。
ほんの一瞬だけだから。
そんな言い訳をして、ぼくは。
ああ、森さん、森さん、森さん……。
……カシャリ。
シャッターを切るような音。
ささやかな音だけど、おそろしいほど耳に響いた。
はっとして、顔をあげる。
屋上のドアが少し開いていて。
そこに、ひとりの女子が立っていた。
片手に持った携帯電話のカメラレンズをこちらに向けて。

Chapter 2

図書室の匂いは、どこか懐かしい。

小学校の図書室も、中学校の図書室も、似たような匂いがした。

あれは、小学生のときの読書の時間だっただろうか。本棚にずらりと並んだ背表紙に圧倒されて、そこから一冊を選び取るということができず、ただ立ち尽くしていたことを思い出す。本の世界に没頭しているクラスメイトたちの横顔を、ぼんやりとながめているしかできなかった疎外感。

みんな、どうして、こんなにたくさんの本のうちから、自分が夢中になれる一冊を見つけ出すことができるのだろう?

大量の蔵書を前にすると、あたしは小学生のときとおなじように途方に暮れてしまう。

「あ、結城《ゆうき》さん。昨日の本、もう読んだの?」

あたしの姿を見つけると、カウンターの奥から八王寺《はちおうじ》さんが声をかけてきた。

「うん、短かったし。帰りの電車で読み終えちゃった」

おなじクラスで親しく話をする間柄の八王寺さんが図書委員をしているからこそ、あたしはここで本を借りようという気になった。

昼休みの図書室という空間は、選ばれし読書家の生徒のみが足を踏み入れることを許されているというか、あたしのように普段は小説なんて読みませんという顔をしている生徒にとっては、敷居が高い。

「面白かったよ。こういう話って読んだことなかったから新鮮だった」

借りていた本を返すと、カウンターの向こうで、八王寺さんは満足げにうなずく。

「気に入ってもらえたならよかった」

あたしが「これは読んでおくべきという恋愛小説の古典的名作を教えて」とリクエストしたところ、スタンダールの『赤と黒』、エミリー・ブロンテの『嵐が丘』に続いて、八王寺さんが貸してくれたのは田山花袋《たやまかたい》の『蒲団《ふとん》』だった。

主人公の中年作家が妻子のある身でありながら若い娘に恋心を抱くという内容で、いい年したおっさんが何を言っているんだとあきれるような心理描写がぐだぐだ続き、結局、若い娘はほかの男とつきあうようになり、主人公は彼女の使っていた布団を敷いて、その匂いをかぐ……という、リアルで見たら絶対にドン引きしそうなラストで終わる話だったけれど、不思議と味わいがあって、一気に読んでしまった。

「結城さんみたいな人には、まったく共感できないだろうなと思いつつ、選んでみました」

「あたしみたいな人、って？」

八王寺さんは眼鏡を少しずらすと、上目遣いにこちらを見て、きっぱり答える。

「学校一の美少女」

そのごたいそうな肩書に、あたしは苦笑を浮かべるしかない。

「美醜に明確な客観的基準なんてないんだから、一番だとか決められないと思うけれど。人にはそれぞれ好みというものもあるし。好きになったら、その人が世界中で誰よりも可愛くて、自分にとっては一番だよね」

「はいはい、綺麗事《きれいごと》は言わない」

あたしのまっとうな意見は鼻で笑われ、あっさりと一蹴《いっしゅう》されてしまった。

「第二中の結城あおいっていえば、うちの中学にもファンがいたくらいだもの」

ファンというのがどういうものをさすのかはよくわからないが、あたしは空手を習っていて、その大会になぜか友達でもない他校の女子が応援に来てくれたり、見ず知らずの相手から手紙やらプレゼントやらをもらう機会がたびたびあった。

「そんな伝説的存在だった結城さんと、高校で一緒になったときには驚いたわよ。頭の良さくらいしか取り柄のない自分が必死になって勉強して入った進学校に、こんなに外見に恵まれた子がいるなんて詐欺だと思った」

こういうことを面と向かってずばずば言ってくれる八王寺さんの性格に、あたしは好感を持っている。

「天は二物を与えるんだよね。モデルのバイトをやっているって噂は本当なの？」

「ちょっとだけね。知り合いに頼まれて、浴衣のカタログの撮影に行ったりとか。でも、みんながイメージしているような芸能人的な派手な世界じゃなくて、普通に写真を撮られているだけだから」

「これだけ顔がちっちゃくて、手足がすらりと長くて、肌にしみひとつない常人離れした美形さんなんだから、モデルくらいしないと宝の持ち腐れよね。そんな美貌《びぼう》を間近で見られるなんて眼福眼福」

八王寺さんはおどけた口調で言うと、両手の指を組んで、うっとりとした目でこちらを見つめる。

しかしながら、ある理由から、あたしは自分の容姿が好きではない。

そんなこと、口が裂けても言えないが。

たいていの人は、自分の外見に不満があると言えば、共感してもらえると思う。

もう少し鼻が高ければとか、痩《や》せていればとか、二重まぶただったらとか、にきびさえなければとか、誰しもなんらかのコンプレックスを持っているものだ。けれども、あたしがそんなことを言おうものなら、冷たい視線しか返ってこないだろう。

文句を言うなんてぜいたくにもほどがある。というか、なにそれ、新手の自慢?

モデル仲間の子でさえ、そんなリアクションを返してくれた。

あたしは自分の容姿を気に入っていないだけでなく、それを愚痴として公言することすら許されない。

それがわかっているから、何も言わず、ただ微笑むだけ。

誰にも理解されないことには慣れっこだ。

「でも、そんな結城さんでも、恋となると思うようにはいかないものなのかな?」

ずばりと斬りこまれた言葉に、あたしは一瞬、絶句する。

「えっ……」

「普段本を読まない人から、おすすめの恋愛小説を教えてなんて言われたら、ああ、この子は今、恋をしているのだろうなと推測してしまうものだって」

いたずらっぽい笑みを浮かべ、八王寺さんは探るような視線を向けた。

「そして、それは片想いである確率が高い。うまくいっているなら、本なんて読んでないで実際に恋人と会うでしょ」

「なるほど。するどいね」

彼女が言うように、あたしはたぶん恋をしていて、その気持ちを確認するために、恋愛小説を読もうと思った。

「結城さんくらい綺麗な子なら、どんな男でも簡単に手に入りそうなものだけれども、現実にはそうでもないんだろうね。それこそ、人の好みは千差万別。合縁奇縁」

歌うようにつぶやく八王寺さんは、まさに図書室の住人という外見をしている。オシャレ眼鏡ではなく、優等生風の眼鏡。整えていない自然なままの眉毛《まゆげ》。真っ黒な髪はいまどきめずらしい三つ編みだ。

恋心を見抜かれてしまったのは悔しいので、こちらも彼女のことを分析してみよう。

彼女の眼鏡と髪型は、本好きで真面目な図書委員という彼女のセルフイメージをぶれることなく伝えている。

規定の制服に身を包みながらも、あるいは制服をお仕着せにされているからこそ、あたしたちは自分が自分であるために、微妙な違いをファッションとして主張しなければならない。

おそらく彼女は外見というものに無頓着《むとんちゃく》でいたいのだろうけれども、社会における自分の属性を目に見える形で演出するのがファッションであり、他者の視線にさらされながら生活をする以上、それは避けられない。

なので、彼女はステレオタイプなキャラクターを自分にあてはめることで、やりすごそうとしている。

身なりに気を配ることは、自分の価値を上げ底するために有利な手段なのに、彼女はその戦略を用いない。他人からどう見られたいかではなく、自分がどうしたいかを優先した選択ゆえに。彼女は美しさで評価されることよりも、記号として扱われることを望んでいるのだろう。

というようなことは、まったく見当はずれであったり、彼女自身は意識していない可能性も高い。それになにより、真実を突いたところで相手に警戒されこそすれ、なんら得るものはないので、わざわざ指摘するつもりはないが。

こういう小難しい言い方をするとけげんな顔をされるというのが、あたしが自分の外見を持てあましている理由のひとつでもある。

あたしはいつだって、思っていることの半分も口には出せない。

「ま、詮索《せんさく》するつもりはないけれどね。はい、次のおすすめはこれ」

八王寺さんが手渡したのは『シラノ・ド・ベルジュラック』というタイトルの文庫本だった。

「戯曲だから読みにくいかもしれないけれど」

「ありがと。頑張って読んでみる」

また外国文学か。登場人物の名前が覚えやすいといいんだけど……なんて考えながら、あたしは廊下を歩く。

ふと窓の外を見ると、いい雲が出ていた。

ぽってりとした白い雲。青空とのコントラストが愛らしい。

これは撮らねば！

制服のポケットに手を入れて、そっと携帯電話をつかむ。

バイトでは写真を撮られる立場のあたしではあるが、本当はカメラを持つ側にまわるほうが好きなのだ。

校内では携帯電話禁止の建て前があるので、先生の姿がないことを確認してから、素早く携帯電話を取り出して、カメラのシャッターを切る。

うーん、アングルがいまいち。

窓を開けて、身を乗り出すようにしてみても、ベストな画角にはならない。

あ、そうだ、屋上に出れば。

見晴らしが良くて空に近い場所なら、きっと、いい写真が撮れるだろう。

思い立つやいなや、屋上への階段をあがる。

そして、そこで。

あたしは、鮮烈なシーンを目撃する。

ひとりの男子が屋上の床に膝《ひざ》をつき、祈りを捧《ささ》げるような姿勢で、あきらかに彼のものではないであろうカーディガンに顔を埋めていたのだ。

これは撮らねば！

もちろん、あたしはすぐさまシャッターボタンを押した。

Chapter 3

屋上でこっそりクラスの女子の服を抱きしめているところを写メに撮られた。

人生オワタ。これ以上に、今の心境を的確に表現できる言葉があるだろうか。

こちらに携帯電話を向けていた人物に気づいて、ぼくは目を見開く。

結城あおい。

めちゃくちゃ美人で、クラスのリーダー格というか、男女問わず人気が高く、教室内では目立たないこと海底に沈む鰈《かれい》のごとしを処世術にしているぼくにとっては、殿上人だと言っても過言ではない。

物質世界的には一組の教室という空間で机を並べていながらも、決しておなじクラスタには属していない存在である。

当然のことながら、これまで一度も言葉を交わしたことはない。

結城さんは無言でこちらを見つめている。

こういうとき、どんな顔をすればいいかわからないよ。

「いや、あの、こっ、これは、ちがっ……」

からからに乾いた喉《のど》から、どうにか声を絞り出す。

ははっ、笑っちゃいそうなほど見事に裏返った声だ。

「えええっと、なんていうか、その……」

何を言ったらいいんだ？

どうにも言い訳のしようがないぞ。

結城さんは眉ひとつ動かさず、携帯電話を制服のポケットにしまうと、口を開いた。

「とりあえず、きみのクラスと名前を聞こうか」

「え、あ、一組の笹川で……」

「一組？　おなじクラス？」

結城さんは校章の色を確認して、改めてぼくの顔をまじまじと見つめる。

「うーん、そういえば見覚えある気も」

確信のなさそうな声でつぶやく。

どうせ、ぼくは空気です。

「まあいいや、男子の顔ってみんなカボチャに見えるから。ふーん、笹川くんね」

なんか、さらっとひどいセリフが聞こえた気がするが、結城さんってこんなキャラだっけ？

「それ、森さんのだよね？　その服には見覚えがある」

ぼくの存在感は、クラスの女子が着ていた服以下なのか……。

って、へこんでいる場合ではなく！

「そ、そそ、そう、森さんの忘れ物で、届けようと……」

「届けようとしていたんだ。ふうーん。あたしには、顔をうずめて、匂いをかいでいるように見えたのだけれど」

「匂いはかいでない！」

そこは全力で否定する。

「じゃ、ただ、頬ずりしていただけ？　ま、どっちでもいいけれど。面白いものを見せてくれて、ありがと」

それだけ言うと、結城さんはくるりと後ろを向いて、歩き出そうとする。

えええええ？　そのまま行ってしまうつもりか？

「まっ、待って！」

あわてて呼びとめると、結城さんは振り返り、小首をかしげる。

「なに？」

「さっ、さっきの写真、どど、どうか、しょしょしょっ、消去を……」

ぼくはその場に両手をつき、写真を消去するよう要求した。

漢《おとこ》らしく、土下座も辞さない勢いで。

「なっ、何でもするから！」

それ以外に、なんと言えよう。

あんな写真が、もし、森さんや龍樹に見られてしまったら……。

「うーん、何でもって言われてもね」

結城さんは困惑したようにつぶやき、こちらを見おろす。

「きみ、何ができるの？」

結城さんは、ぼくの言ったことをただそのまま返しただけだろう。

そこに特に深い意味は込められていないはずだ。

けれども、その言葉は、ぐさりと胸に突き刺さった。

何ができるの？

その問いに、即答できるようなものをぼくは持っていない。

胸を張って、これができると誇れるようなことは、ひとつもないのだ。

ぼくは何もできない。

無力だ。

きっと何者にもなれない……。

青空の下、唐突に襲いかかってきた絶望感と人知れず闘っていると、軽やかなチャイムの音が聞こえてきた。

「あ、やばい」

つぶやいて、結城さんは再び歩き出そうとする。

けれども、ぼくはその場から動かない。

「行かないの？」

「いや、ぼくはあとから……」

「うん？　どうして？」

「なんつうか、ほら、ふたりそろって教室に入るのとか、どうかと……」

自意識過剰というか、気をまわしすぎているのかもしれないけれど、ぼくと一緒に遅刻するのをほかの子たちに見られたら、結城さんは嫌だろう。

「なるほどね」

納得したように結城さんは言うと、ポケットから携帯電話を取り出した。

「いちおう、アドレス交換しておこう」

結城さんに言われ、ぼくも自分の携帯電話を取り出す。

ぼくのアドレスに、女子の名前が登録される日が来るとは。

しかも、それが結城さんのメルアドだなんて……。

「それ、渡しておいてあげる」

結城さんは手を伸ばして、ぼくがずっと握りしめたままでいた森さんの服を取った。

「あ、うん、お願いします」

このあと、森さんと顔を合わせるのは正直、厳しいものがあったので、結城さんの申し出にありがたく任せることにする。

さて、これで遅刻は確定だ。

五時限目は数学だっけ。厳しい先生じゃないから、遅刻をしたところで、口頭で注意を受けるくらいですむだろうけれど……。

教師の声しかしない静かな教室に、がらっと大きな音を立てて戸を開け、クラス全員の注目を集めながら、自分の席につくなんて、ぼくにはハードルが高すぎる。うん、遅刻するより、休んだほうがましだ。そう考えて、保健室へと向かう。

保健室の先生というとおばちゃんのイメージだったので、うちの高校の養護教諭が男なのは、入学した当初は違和感があった。だが、高屋敷《たかやしき》先生は厳しそうな雰囲気を漂わせているが、意外と気さくで、女の先生には話しにくいような相談にも親身になって答えてくれると、男子の間では評判がいい。

おなかが痛いと告げると、熱はなかったのだが、「次の授業まで休むか？」とベッドを使わせてくれた。でも、結局、悶々《もんもん》として一睡もできなかった。

本当に胃痛に悩まされながら、教室に戻って、六時限目を受ける。

あー、それにしても、あの写真、どうしたらいいんだ……。

六時限目が終わり、放課後になると、結城さんはさっさと教室から出て行ってしまった。

追いかけようとしたところに、森さんが近づいてくる。

「笹川くん、体調良くなった？」

森さんは心配そうな表情で、ぼくの顔をのぞきこんだ。

「もしかして、お昼から具合悪かった？　外で食べるのにつきあわせちゃってごめんね」

森さんは優しい口調で話しかけてくれるが、後ろめたくて、その目がまともに見られない……。

一時の気の迷いで、ぼくはなんということをしてしまったのだ。

あの写真、なんとしても、この世から消し去らねば！

自分が恥ずかしいだけならまだしも、あれが森さんの目に触れてしまったら、彼女はさぞかし気まずい思いをするだろう。龍樹との関係にも響くかもしれない。

「いや、もう、すっかり全然平気だから」

顔をそむけるようにして、ぼくはそそくさと席を立つ。

ごめん、森さん。本当にごめんなさい……。

足早に校門を出たところで、着信があった。

見ると、差出人は結城さんだ。

件名『今』
「駅前のカラオケの7号室にいるから」

なんて短文。

普通、女子のメールって、もっと顔文字とか絵文字とか満載できゃぴきゃぴしているものでは……。

いるから、なに？

来いってことですか？

せめて、カラオケ店の名称くらい書こうぜ。まあ、高校の近くの駅前にはカラオケって一店しかないから、たぶん、あそこだろうけれど。っていうか、全速力ですでに向かっているけど。どんな命令のメールであれ、あんな写真を撮られた後じゃ、従うしかないからな！

しかし、なぜに、カラオケ……。ぼく、アニソンとボーカロイド曲しか歌えないぞ。パソ部のカラオケじゃないんだから、さすがにまずいよな。一般人の女子に引かれない歌ってなんだろ……などと考えているうちに、目的地が見えてきてしまった。

カウンターで店員に待ち合わせだと告げると「おまえがあんな美人の連れだと？」と不審の目で見られることもなく、あっさりと通してもらえた。

音漏れのする廊下を進んで、7号室と書かれたドアを開ける。

すると、結城さんはソファに腰かけ、本を読んでいた。

「いいところだから」

ちらりと目だけでこちらを見ると、結城さんは早口に言う。

そのあとは、また、黙々と読書に集中している。

人を呼びつけておいて、顔すらあげないって、どんだけ女王様気質なんだよ！

心の中で突っこむものの、そんな傍若無人な振る舞いもすべて許されるところが結城さんにはあった。

カラオケの安っぽいソファに座っていても、本を読んでいる結城さんはそれだけで絵になるというか、姿勢が美しい。

真剣なまなざし、すっと伸びた背筋、本を持つ両手、表紙にそえられた細長い指……。

なに読んでるんだろ？　さりげなく、文庫本の背表紙を確認する。『シラノ・ド・ベルジュラック』か。文学っぽい本を読んでいるな。

店員がドリンクを運んできても、結城さんはまだ読書を続けていた。

読み終わるまで、ここでこうして待たされるのだろうか……。

アイスティーで喉《のど》を潤しながら、ぼくは横目で結城さんのほうをうかがう。

よほど没頭しているのか、こちらを気にする様子はまったくない。そばにいるのに完全に黙殺されているというのは透明人間になったようで、不思議な気楽さがある。

女子の顔なんて普段は直視できないけれど、今なら存分にながめることができた。

ほんと、整った顔しているよなあ。作り物めいているっていうか、ＣＧみたいだ。

もしくは、細部まで精巧にできたアンドロイドとか。制服で本を読む美少女として、このままフィギュアにして飾っておけるレベルだ……などと考えつつも、頭の片隅で、だけれど美人だというだけでは特に心が動いたりしないものなんだな……ということに気づいて、我ながら意外だった。

女子とカラオケボックスでふたりきりというこの状況で、鼓動が速くなっていないといえば嘘になるが、それでも日常で感じる緊張の範囲内だ。

もし、ここにいるのが森さんで、こんなに近くで、こんなにじっと見つめていたら、ぼくの心は、もっと……。

そんなふうに思っていた矢先。

結城さんの目から、透明なしずくがぽろりとこぼれた。

なっ！

なななな、泣いてる？

一筋の涙が頬を伝って、落下していく。

それを見た瞬間、心臓が跳ねあがり、口から飛び出そうになった。

他人の前で本を読んで泣くなんて、無防備すぎるにもほどがあるだろ！

結城さんは瞬《まばた》きを数回すると、何事もなかったかのように本を閉じて、こちらを見た。

「おっ、面白かった？　その本」

沈黙に耐えかね、ぼくは愚にもつかない質問をする。

「うーん、最初は芝居がかった臭いセリフが鼻について、苦笑いを浮かべながら読んでいたんだけどね」

結城さんは本を抱きしめるように引き寄せると、ふうっと息を吐く。

「途中から先が気になって、止まらなくなった。ラストがよかったな。子供のときに読んだ『ごんぎつね』みたいな感じで」

ごんぎつね？　『シラノ・ド・ベルジュラック』って、そんな話なのか？　そりゃ、泣けるはずだ。

「これは恋愛っていうよりも、むしろ友情の物語ね。さすが、八王寺さん、いい本、紹介してくれるわ」

しみじみとつぶやいた後、結城さんはぼくと視線を合わせる。

「それでさ、ちょっと考えたんだけど。きみに頼みたいことがあって」

ようやく、本題に入る気になったようだ。

「何でもするって言ったよね？」

おずおずと、ぼくはうなずく。

それを確認すると、にっこり笑って、結城さんは言った。

「あたしとデートしてくれない？」

Chapter 4

あたしには、教室にいる男子が全員おなじように見える。

これまでの人生においてずっとそうだった。クラスの女子たちが、どの男子がかっこいいとかイケているとか話していても、まったく興味がなければ、共感もできなかったのだ。

クラスの男子なんて、スーパーの野菜売り場に並んでいるカボチャやジャガイモと変わらない。形が不揃《ふぞろ》いだったり、色つやの違いがあるにしろ、似たり寄ったりだ。ひとつを選べと言われても困ってしまう。

そんなジャガイモの山のうち、一枚の写真を撮ったことにより、あたしは笹川勇太という男子を個別に認識できるようになった。

五時限目が終わった頃、笹川くんは教室に戻ってくると、すぐさま森さんの姿を目で捜して、彼女が例の上着を身につけているのを確認するや、あからさまにほっとした表情を浮かべた。その後、森さんに話しかけることなく、自分の席に座ったが、六時限目の古典授業を受けている間、笹川くんは何度も彼女のほうを見ていた。

あたしの席は一番端の最後列だから、教室じゅうを見渡すことができる。

気がつくたびに、笹川くんは二列挟んだ斜め前にいる森さんのことを見つめていた。視線が吸い寄せられてしまうのだろう。授業中だというのに、ほとんど黒板のほうを向いていない。観察しているこちらが恥ずかしくなってしまうほどだ。

あれだけ熱烈に見つめていながら、自分の想いに気づかれていないと思っているなら、彼は相当におめでたい。

馬鹿じゃなかろうか。

切ない片想いに身を焦がしている彼には申し訳ないが、それがあたしの本音である。

森さんには、最近、恋人ができたはずだ。男子に興味はなくとも、女子の動向はチェックしている。恋人ができて、森さんはとてもキュートな笑顔を見せるようになった。もともと地味ながらも可愛い子だと思っていたが、表情が明るくなってさらに魅力を増したのは恋人のおかげなのだろう。

そんな森さんに対する、笹川くんの秘めたる恋心。

実りのない恋だとわかっていても、惹《ひ》かれずにはいられないようだ。

これは使えるかもしれない。

あたしの頭に、ある計画が浮かぶ。

うん、彼なら大丈夫かも……。

そう考えて、放課後、あたしは笹川くんを呼び出すと、彼をデートに誘った。

「は？　デート？」

笹川くんはすっとんきょうな声を出す。

その様子は腰が引けているというか、警戒しているのがありありと見てとれた。

一般的に、美人からデートに誘われて、悪い気がする男はいない。自分で言うのはなんだが、あたしは連れて歩くと優越感にひたれる容貌《ようぼう》をしている。デートができるとなればたいていの男は喜ぶし、チャンスと考え、あわよくば……といった下心さえ抱くのがありがちな反応である。

しかし、彼の顔に浮かんだのは、混じりけなしの困惑だった。嬉《うれ》しさはみじんもなく、戸惑いと迷惑そうな様子が伝わってくる。

よしよし、これはいけそうだ。

「ええ、恋人のふりをして、デートにつきあってもらいたいの。ちょっと理由があってね、ダブルデートというものをしなければならないのよ。あたしには恋人がいないから、一日だけ、その役をお願いしたくて」

「はあ……」

要領を得ないといった様子で、笹川くんは気の抜けた返事をする。

「あたし、ずっと好きな子がいるのね。その子はべつの高校に行っちゃったけれど、休みの日にはよく遊んでいた。なのに、その子に彼氏ができたのよ」

「……彼氏？」

目をしばしばさせて、笹川くんは聞き返した。

「そう、彼氏。彼女はいたってノーマルな性癖の持ち主だから、普通に男とつきあうことになったのよ、残念ながらね」

畳みかけるように言って、相手の出方をうかがう。

秘めたる恋心。

それはあたしもおなじこと。

「えぇーと、それって、つまり、結城さんは女の子が好きっていう……？」

「そういうこと。理解できた？」

誰にも明かしたことのないあたしの気持ち。

それを知られることは、急所をさらすことに近い。

だが、あたしは彼の弱みを握っている。あの写真がある限り、多少、こちらの情報を開示したところで、あたしの絶対的優位は揺るがないだろう。

「いや、でも、だからって、なんで、ぼくなんかとデートを……」

あたしの好きな相手が女の子だということについて、彼はそれ以上、追及してこなかった。あっさりと受け入れられて、こちらとしては拍子抜けするほどだ。

「その子……名前は小桜《こざくら》かすみっていうんだけれど、かすみちゃんとあたしは、小学校時代からの仲良しなわけ。なのに、彼氏ができたせいで、このところ、休みの日はいっつもデートで、ちっとも会えなくなっちゃったのよ！　だから、デートに乗りこんでやることにしたの。あたしも恋人を連れて、ダブルデートってことにすれば、向こうも断れないでしょ？」

「いや、でも、だからって……」

煮えきらない態度で、笹川くんがつぶやく。

それを見て、イラッとした。

このあたしがデートしてあげるっつうんだから、うだうだ言うな！

しかし、ここで諸手《もろて》をあげて喜ばないであろう彼だからこそ、あたしはこの計画を提案したのではあるが。

男と親しくなるとき、そこには好きになられるリスクがついてまわる。

その点、笹川くんなら適任だ。

彼は恋をしている。

ほかに好きな子がいる。

つまり、多少、仲良くなったとしても、あたしに惚《ほ》れる心配が少ない。

高慢のそしりを受けようとも、あたしは好意を寄せられることを迷惑だと考えてしまう。好きになられたくない。口説かれるとうんざりする。

モテたいなんて思ったことはない。

たったひとりでいい。

ただひとり、自分の好きな相手が、自分のことを好きだと思ってくれるのなら、そのほかの人間なんてどうでもいい。

しかし、それは叶《かな》わぬ願い。

「かすみちゃんの彼氏のこと、いろいろと話は聞いているけれど、実際に会って、この目で実物をチェックしてみたいわけ」

たぶん、かすみちゃんに言えば、わざわざダブルデートなんてことにしなくても、あたしだけでもデートにつきあわせてもらうことはできると思う。

けれども、あたしは自分も彼氏連れで行きたかった。

つきあいはじめたばかりの熱々な恋人同士に挟まれてひとり、というみじめな立場を避けたいという思いもある。

それに、彼氏連れというのは、余計な恋心をシャットアウトするためにも有効だから。

あたしと出会ったことで、万が一にも、かすみちゃんの彼氏が、あたしのことを好きになってしまったら……。

そんなこと、想像するだけでもおぞましい。

だが、この想像は自惚《うぬぼ》れではなく、経験から学習した結果なのだ。

中学生のとき、かすみちゃんが自分の好きな男子を教えてくれたことがあった。それは野球部のキャプテンで、例によってあたしにはただのジャガイモにしか見えなかった。

かすみちゃんはあんなジャガイモの何がいいのだろう……と思いつつ、観察を続けていたところ、ある日、彼に呼び出され、告白されたのだ。そして、丁重にお断りしたところ、そのジャガイモは逆上して「なんなんだよ、それ。だったら、なんで俺のこと見てたんだよ！　絶対にいけると思ったから告白したのに。変に気を持たせやがって！」と捨てゼリフを残したのだった。どうやら、あたしが事あるごとに注視していたせいで、気があるから見つめていると勘違いしてしまったらしい。

あたしのような外見の持ち主は、気軽に異性を見てはいけないと痛感させられるできごとだった。

その瞳《ひとみ》で見つめるだけで、相手が自分に惚れてしまう……。

それは幸せなことなんかじゃなく、呪いのようなものだ。触れたものがすべて黄金に変わってしまうミダス王の話を思い出すまでもなく。

だから、防波堤となる彼氏の役目をしてくれる人物が必要だった。

あたしはかすみちゃんとつきあうことになった彼氏のことが憎くて憎くてたまらないが、だからといって、ふたりの仲を裂きたいとは思っていないのだ。

かすみちゃんのことが好きだから、彼女の幸せをなによりも願う。

不毛な恋に身をやつしているのは、笹川くんだけじゃない。

馬鹿なんだ、あたしも。

恋をして、なお賢くいることは不可能だ。

「でもさ、よりによって、なんで、ぼく？　だって、どう考えても、釣り合わないって」

笹川くんは、顔の前で片手を振る。

「マジ、ないない。ぼくが結城さんの彼氏とか、ありえないって」

「それはいいの。向こうは、きみの評判とか、普段の様子を知らないわけだし。外見なんかは服でどうとでもなるって。一日だけ乗りきればいいんだから、気合でなんとかなるでしょ」

「いや、そうは言われても、結城さんの彼氏の役だなんて、ぼくには……」

まだ文句を並べ立てようとしていたところ、笹川くんの携帯電話が鳴った。

笹川くんは「あ、ごめん」と言って、携帯電話を持ってドア付近まで行く。

「……うん。今？　えっと、その、カラオケで……」

携帯電話で話しながら、笹川くんはこちらをちらりと見て、すぐに視線をそらす。

「そう、パソ部のみんなと……」

あ、嘘ついた。

ふーん、そういう嘘をつくんだ。

「だから、連絡しなかったのは悪かったって。わかってる。できるだけ早く帰るから」

どこかやましそうな彼の態度は、浮気をしている夫に妻から電話がかかってきたらこんな感じではないだろうか、と思わせる。

電話を切った彼に「誰？」と問いかけると、少し渋った後、不機嫌そうな声で「親から」と答えが返ってきた。

「母親？　男なのに遅くなるときにはいちいち親に連絡しないといけないの？　過保護だね」

「関係ないだろ！　それより、さっきの話だけれど、どうするんだよ」

ぷいっと横を向き、やや乱暴な口調で笹川くんは言う。

おや、そんな口の利き方をしてもいいのかな？

「どうもこうも、きみに拒否権はないと思うけれど？　あの写真、ばらまかれたくはないでしょ？」

　にっこり笑って、あたしは言う。

　悪役めいたセリフが妙に楽しい。

「……そ、それだけは、やめてくれ……」

　うつむいて、うなるように笹川くんは答えた。

「やめて、くれ？」

「……やめて、ください」

　かすれた声で、彼は言い直す。

「じゃ、決まりね。次の土曜は……あ、ランチの予定があるけれど、でも、ま、午後からはあいているから服を買うのにつきあってあげる。髪も切ったほうがいいし、できれば眼鏡も新調したいところね。二十万くらいあれば足りるでしょ。食事が終わったら電話するから。返事は？」

「……はい」

　うんうん、素直さは美徳だね。

　顔を伏せているので表情は見えないが、その頭を「よくできました」とごしごしなでたくなる。

　ベストな人選とは言えないかもしれないけれど、ほかに選択肢もないし、彼にせいぜい頑張ってもらいましょう。

Chapter 5

はあ、何の因果でこんなことに……。

足どりも重く、ぼくは帰路につく。

これがゲームで、デートイベントのフラグが立ったとかなら、正直、わくわく気分だと思う。けれど、現実で、実在する女子とデートだなんて、本当に気が重くて、嫌で嫌でたまらない。

絶望した！　三次元の女子とデートするのがこんなにも憂鬱《ゆううつ》だなんて、自分のダメ人間さに絶望した！

終わってるよな……。まあ、今さらではあるが。

それにしても、リアル百合《ゆり》とは……。

結城さんの好きな相手が女子と聞いて、妙に納得した。全然ありだ。結城さんくらいレベル高いと、下手な男は釣り合わないから、むしろ、百合で正解だろう。結城さんの好きな相手って、どんな女子なんだろ。そこはちょっと興味ある。

だが、その釣り合わない恋人役をぼくがやらねばならないとか、わけがわからないよ……。

　帰宅すると、母親の声が聞こえた。

「遅いわよ！　どこ行っていたの！」

　ダイニングテーブルの向こうから怒号が飛んでくる。

「遅くなるときは連絡しなさいって言っているでしょう？　ママの言葉をなんだと思っているの！」

　母親の前に並んでいる缶ビールを見て、ぼくは顔をしかめた。

「薬飲んでいるときは、アルコールはダメだって。この間も医者に注意されたんだろ」

　ちょっと目を離すと、すぐにこれだ。

「これくらい飲んだうちに入らないわよ」

　帰りが遅くなった時点で、母親の機嫌が悪いだろうと懸念していたが、すでに酒が入っているとは……。

「だって、あんたが悪いんでしょう！　勇太がママの言うことをちゃんと聞かないから！　電話したのにすぐ切っちゃうし！」

意味不明な理屈で、いろいろなことがぼくのせいにされるのは、いつものことである。

さあて、ここで選択肢を間違えるとバッドエンドに向かってしまうから要注意だ。

この間なんか、ちょっとミスって、灰皿による頭部への攻撃というハードなイベントが起きちまったもんな。

「ご飯は残ってるんだろ？　冷蔵庫になんかあったっけ？」

喧嘩腰《けんかごし》の酔っぱらいと、まともにやりあっても何にもならない。

ぼくが連絡しなかった件とか、母親の飲酒についてはスルーして、とにかくべつの話題に持っていく。

「玉ねぎと卵と……あ、この人参《にんじん》、干からびかけてる。早く使わないと。で、ツナ缶もあるし、チャーハンにでもするか」

冷蔵庫の野菜室を確認してから、ぼくは制服の上にエプロンをつける。

「ちゃちゃっと作るから。酒じゃなく、一緒に夕飯食べよう。な？」

できるだけ優しい声音で言うと、母親はこくりとうなずいた。

「うん、わかった」

先ほどまで般若《はんにゃ》のごとき面でにらみつけていたのが一転して、心細げな顔でこちらをうかがってくる。

「勇太、ママのためにご飯作ってくれるの？　ママのことが大事だから？」

「当たり前だろ」

「よかった」

母親は椅子から立ちあがり、キッチンの流し台に残っていたビールを捨てる。

「ごめんね。ママ、もうお酒飲まないから。約束する。絶対」

何百回目だ、その約束。

もはやルーチンと化した母と子の絆《きずな》の確かめ合い。

酒臭い息を吐きながら、母親はぼくを抱きしめた。

「勇ちゃん、大好き。勇ちゃんはママの宝物。ママの自慢の息子……。大好き、大好き、愛してる……」

幼少の頃から繰り返し繰り返し呪詛《じゅそ》のように聞かされてきた言葉。

ぼく、もう高校生なんっすけれど。そんなこと言われても気持ち悪いだけだって。

しかし、反論は許されない。口答えをしたところで仕方ない。まともな会話は期待できない。この人は変わらない。

どんなに話をしたところで、ぼくの言葉なんてなにひとつ理解してはもらえない。

これまでの経験から、それは痛いほど身にしみている。

「はいはい。わかったから、もう放して。料理、作れないだろ」

野菜を切って、フライパンでざっと炒《いた》めて、ツナと卵を加え、残りご飯を投入、塩こしょうで味付けをして、醬油《しょうゆ》をたらせば上出来だ。ありあわせの材料で適当な料理を作る腕前にかけては、まあまあ自信がある。

「いただきます」

テレビをつけて、どうでもいい番組の雑音を聞きながら、流れ作業的に自分も食事をしているうちに、すべてのことはうやむやになる。

精神的に不安定な母親の扱い方も心得たものだ。

食事を終えると、ぼくは自室に行って、とびらを閉め、パソコンの電源を入れて、制服を脱いだ。

耳をすますと、母親が食器を洗っている水音が聞こえてきた。鼻歌まで耳に届いてくる。

どうやら機嫌は直ったようだ。

あの人にとって、重要なのはぼくが家にいること。ひとつ屋根の下でさえあれば、自室に閉じこもっていても問題はないらしい。

とにかく、家に自分だけがひとりでいて、誰かの帰りを待っているという状況が耐えがたいようなのだ。

昔は、執着の対象が夫、つまりぼくの父親だった。

幼かったぼくを抱きしめながら、遠くを見つめるような目で「パパ、遅いね。パパ、まだ帰ってこないね。寂しいね……寂しいね……」と不安そうにつぶやいていた若き日の母親の姿が脳裏にこびりついている。

父親には離婚歴がある。一度目の結婚をしていたときに不倫をして、相手を妊娠させてしまい、離婚することになった。そして生まれた子供が、ぼくだ。前妻との間に子供はないが、慰謝料を払っている。知りたくもないことを教えてくれるお節介なおばさんってのは、どこにでもいるんだよな。

父親の帰宅が少しでも遅いと、母親が浮気を疑って、深夜の喧嘩《けんか》に突入……というパターンが、ぼくが小学生の頃には多かった。なにしろ相手は「結婚していても平気で妻を裏切る男」なのだ。それは自分が誰よりもよく知っているのだろう。

父親が本当に浮気をしていたのかどうかはわからない。

ただ、自分を信じてくれない妻にうんざりしていたことだけは確かだ。

泣いている母親を見て、ぼくは早く大きくなりたいと思っていた。

自分がまだ小さくて頼りないせいで、母親を悲しませていると思っていた。ぼくがもっとしっかりすれば、事態は好転すると思っていた。

そして、ぼくの身長が母親を追い抜いた頃から、状況は変わった。

母親の父親に対する関心は薄れ、その分、ぼくに寄りかかるようになった。時折、支えきれなくなりそうなほどに。

以前、あまりにもぼくの負担が重いような気がして、父親に「この女はあんたの妻だろ。あんたが相手をしてやって、責任を持って面倒を見るべきじゃないのか」というような意味のことをそのままの言葉ではないが伝えたことがある。

父親から返ってきた答えは「欲しいものがあれば言いなさい。何でも買ってやろう」だった。

金で解決。

じつにシンプルで有効的な手段だ。

家族間で使うべき方法ではないとは思うが。

おかげで、ぼくは思う存分、趣味に費やすことができる。ゲームでもDVDでもフィギュアでも好きなだけ買い放題。恵まれた環境だぜ、まったく。息子を引きこもりにしたいのかね、うちの親は……。

自慢のコレクションに囲まれた居心地のいい空間で、パソコンに向かって、ぼくはようやく一息ついた。

お気に入りのサイトをいくつかチェックしてから、掲示板に投稿されている人生相談を読む。

世の中には、じつにさまざまなことで悩んでいる人間がいるものだ。それを読んでいると異常なほど安心感を得ることができる。自分よりも不幸な人間を見て心をなぐさめるというのが、最低な行為だとは自覚しているが。

特に、親から虐待を受けているという相談には、悲愴《ひそう》なものが多い。いくつか読んでいると「これは性的虐待になるのでしょうか？」という質問があった。相談者はどうやら中学生女子のようで「血のつながっている実の父親に、風呂《ふろ》や着替えをのぞかれて困っています。このままだとエスカレートしそうで怖いです。早く家を出たくてたまりません。相談所とかに行ったら保護してもらえるのでしょうか？」と書かれていた。

児童相談所に連絡する方法を教えたりとか、養護施設をすすめる意見がちらほらとあるなか、ぼくは「俺、施設出身だけれど、おすすめしない。職員からの暴力とか普通にあるし、ほかの子供も問題を抱えているやつばっかで、いじめとか多くて、マジ、最悪。親はATMと割りきって、あと数年耐えろ」と書きこむ。

もちろん、ぼくは施設出身なんかじゃない。

ぼくがこれまでネット上に書きこんだ言葉は全部、嘘だ。

あるときは三十代独身ニートのふりをして、またあるときは既婚女性のふりをして、偽りだらけの文章を書きこむ。

そんなことをして何になるのかと言われたら、意味なんて何もない。まったくの無意味だ。ぼくが生きていることに意味がないのとおなじく。

そして、先の相談も、おそらく嘘だろう。ネタだ、ネタ。そんなのあるわけないって。おおかた、近親相姦《きんしんそうかん》モノの好きなキモいおっさんが願望まじりに女子中学生を演じているってところだな。

嘘ばっかり。

真実なんてどこにもない。

そう思いたくて、ぼくはせっせと嘘を書きこむのかもしれない。

さてと、リアルはこれくらいにして、アニメアニメっと！　今期は良作が多くて、どれを切るか迷うよな。深夜アニメは録画と決めているのだが、ＨＤＤの容量もあるし、本数多いと勉強する時間なくなってやばいから絞りたいところなんだけれど、ま、これは嬉《うれ》しい悲鳴ってやつだ。

ぼくは今の生活に満足している。

アニメを観ているときは時間を忘れるほど楽しいし、高校に入って出会ったパソ部の濃い仲間とはオタトークで盛りあがることができて充実感ありまくりだし、好きなキャラのグッズを集めるだけで幸せになれるし、フィギュアのコレクションをながめていると満たされるし、新作ゲームを手に入れたときのドキドキ感はたまらない。

リアルでモテないから二次元に逃げているとかいうわけじゃなく、本気で現実の女子とつきあう必要があると思わないのだ。将来も結婚せず、一生独身で趣味を満喫して、何の不満もなく暮らしていくつもりだ。

心の底から、現実の女子なんかよりも、アニメキャラのほうがいい……そう思っていたはずだったのに……。

なんで、こんなときでも、森さんのことが心に浮かんでしまうのか。

森さんのところも両親が不仲でつらいって、前にちらっとだけ聞いたのだが、そっちはもう解決したのだろうか。何か力になれることがあれば……って、森さんには龍樹がいるんだから、ぼくが心配することじゃない。ぼくに出る幕なんてないんだから。

現実に誰かを好きになったって、苦しいだけだ。

この気持ちも、嘘ならいいのに……。

Chapter 6

母の着物をひとしきり褒め称えると、仲居さんはあたしたちを奥座敷に案内した。

なじみの料亭。母がひいきにしている店のうちのひとつで、年に数回訪れるのだが、床の間に飾られている掛け軸や花が一度としておなじであったことはない。

家族のそれぞれと一対一で向き合うため、母は毎月、第一土曜日は父と、第二土曜日は兄と、第三土曜日はあたしと食事に行くのを決まりごとにしている。

一時期はワインとチーズのマリアージュに凝っていて、フランスでシュヴァリエ・デュ・タストフロマージュなる称号も手に入れ、ときどきカルチャースクールで講師をしている母ではあるが、近頃では着物にはまっており、和食の店を選ぶことが多い。

「そのワンピース、いいわね」

瑠璃色《るりいろ》の切り子グラスで食前酒を飲みながら、母があたしの着ているものに一瞥《いちべつ》を投げる。

「でも、それならもっとヒールのあるくつにしたほうがバランスがいいんじゃないかしら。今日の髪型、すごく大人っぽいし、そのほうが絶対に似合うわ」

褒めて、ダメ出し、褒めるのサンドイッチ方式は、母のいつもの手だ。何か注意をするときに、決してそのまま、ずばりとは言わない。叱るときにも、まず必ず褒めるべきところを見つけて、相手が受け入れやすい心理状況にしておいて、忠告を挟み、やる気を出すようにフォローして終わる。

そうして、母は、じつに巧妙に相手を自分の思いどおりに動かすのだ。

「あたしもいまいちかなって思ったんだけど、合うくつがなくて」

「あとで百貨店に寄る？　パパにはないしょで買ってあげてもいいわよ」

あたしはお洒落《しゃれ》だとよく言われるのだが、それは母の教育のたまものだろう。物心ついた頃から、母は毎朝いくつか洋服を用意しておいて、あたしに着るものを選ばせた。コーディネートが正解だと「うん、可愛いわね」と微笑む。組み合わせがおかしいときには片方の眉《まゆ》をあげて「あら、それでいいの？」とだけ言う。

あたしの意識の中には「ファッションは自分のためではなく、まわりへの気づかい。自己満足のお洒落ほど見苦しいものはない」という彼女の持論が叩《たた》きこまれている。

実際、母の装いはいつでも完璧《かんぺき》だ。授業参観日など、ずらりと並んだ凡百の母親たちの中でひとりだけ輝いているようだった。華やかで、ゴージャスで、まわりから一目置かれる。

同性からは羨望《せんぼう》のまなざしを集め、異性ならば丁重に扱わずにはいられない。

少し前までの母は「ノースリーブを着られなくなったら女として終わりね」とジム通いにはげんでいたのだが、着物をたしなむようになった最近では「いい年して若いつもりで二の腕を見せているのはみっともないもの」とお気に入りのイブニングドレスをあっさり処分して、訪問着を新調していた。過去にこだわらず、常に変化していく柔軟さが、彼女の美しさの秘訣《ひけつ》なのだろう。

母との買い物は、友達同士とはまた違った刺激があるし、値段を気にしなくてもいいので、とても楽しい。

「いいね、ブーツも見たかったし。……って、あ、だめだ。このあとは友達と約束があるんだった」

「かすみちゃん？」

「ううん、べつの子」

「高校で知り合ったお友達？　どんな子なの？」

「地味でおとなしいタイプかな。性格の良さそうな子だよ」

「そうなの。さっそく仲のいい子ができてよかったわね。それで、男の子のほうはどうなの？　前に聞いたときはかっこいい子はいないって言っていたけれど、その後も気になる出会いはないの？　先輩とかは？」

「ないね」

木の葉の形をした器に盛られた刺身をつまみながら、あたしは答える。この白身の魚、なんだろ。ヒラメかな。こりこりして美味だ。

「あおいも高校生になったんだから、そろそろ彼氏ができてもいい頃よね。せっかく娘を産んだのだから、恋話《こいばな》で盛りあがりたいじゃない？　ああ、楽しみだわ。あおいが連れてくるのは、どんな男の子なのかしら」

あたしが好きなのは女の子だから、男の子を連れてくる日は来ないよ……なんてことは言えない。

「それより、バイトのこと、どう思う？　事務所の社長さんは、どんどん映画のオーディションなんかにも挑戦してほしいって言うんだけれど」

月一度のこの面談のために、あたしはそれほど深刻なものではないが母のアドバイスを聞いておくと役に立ちそうな「相談するための悩み」をストックしている。今日はそのうちから、バイトの件を取り出してみた。

幼少の頃より習わされていた伝統空手とクラシックバレエで培った身体能力、そして、面白くもないのに自然な笑顔を作ることができる特技のおかげで、モデル事務所の人にずいぶんと気に入られてしまって、もっと本格的に仕事をしないかと誘いをかけられているのだ。

「いろんな現場で働いている人を見るのは勉強になるでしょうし、若いうちの人生経験としては悪くないとは思うわよ」

「でも、オーディションって気が進まないんだよね。自分が受かったせいで、ほかのもっとやりたかった子がその仕事ができないかと思うと……。あたし、べつにモデルや女優の仕事に憧《あこが》れがあるわけじゃないのに、申し訳ないっていうか、こんな中途半端な気持ちでやっていいのかなあって思って」

「あなたは案外、競争に向いていない性格なのよね」

そう、なのかもしれない。

昔から、あたしには「誰かに負けたくない！」という強いモチベーションのようなものが欠けている。

「普通は、その座をねらっている子が多ければ多いほど、勝ち取ったときの嬉《うれ》しさも増すというものよ」

「そんなの余計な恨み買いそうで嫌じゃん。だいたい、自分が欲しくもないものを手に入れたって、嬉しくも何ともないし」

「あおいは自己肯定感がしっかりとはぐくまれているから、他人と自分を比べる必要がないのよね」

母はあたしを見つめて、満足げに微笑む。

「その考え方は賢明よ。優越感にとらわれて、他人の欲しがるものを手に入れたところで、それが自分の望んでいるものじゃなければ、むなしさしか残らないの。だいたい、結婚で失敗するケースはそれね」

含蓄のあるお言葉を聞きながら、あたしは新しく運ばれてきた料理に手を伸ばす。

母は自分の優秀さを証明するために医学部に入ったが、医師なんて身体的にも精神的にもきつい仕事に一生を捧《ささ》げる気はさらさらなく、卒業と同時に結婚してしまったという人だ。

高収入、高身長、高学歴の三高なんて言葉は母の若かりし頃にもすでに死語となりつつあったはずなのに、実家が金持ちで、身長が高くて、勉強がよくできて、心が強くて、運動神経が抜群で、自分のことをずっと大切にしてくれるであろう将来安泰な男を見つけて、永久就職先に決めた。

母には、自分が「本当に欲しいもの」がきちんとわかっていた。

その男を見る目の確かさたるや、見事としか言いようがない。

母の結婚した相手……つまりあたしの父は、今では腕のよい心臓外科医になり、ハードに執刀をこなして、家族に何不自由のない暮らしをさせてくれている。

ふたりの出会いは大学時代で、ボート部の主将だった父が、新入生だった母に一目《ひとめ》惚《ぼ》れして、追いかけて、熱烈にアタックして、ようやく手に入れたということになっているけれども、あたしにしてみれば、父のほうが母に目をつけられて、うまくはめられたのではないかという気がしてならない。

「ママの結婚は、成功？」

土瓶蒸しにスダチをしぼりながら、あたしは問いかける。

「もちろんよ」

自信たっぷりの声で、彼女は答えた。

「でも、パパ、忙しいからあんまり会えないよね。研修医のときとか今より大変な生活だったんでしょ？　寂しいとか、もっとずっと一緒にいたいとか思わなかった？」

「なあに、あおい、パパに会えなくて寂しいの？」

からかうような口調で言って、母は軽やかな笑い声を漏らす。

「あなた、小学生のとき、パパが急な手術で運動会の応援に来られなくなっても平気な顔をしていたくせに」

「あのときは仕方ないってわかっていたし。自分のリレーなんかよりも、生きるか死ぬかの瀬戸際にいる患者さんのほうが優先されるのは当然でしょ」

「そうよね。子供にだってわかる理屈よ。パパのお仕事のことを考えたら、わがままは言えないわ。だいたい、四六時中べったり一緒にいたら飽きちゃうじゃない。たまにお出かけができるくらいでちょうどいいの。会えない時間が愛を育てるのよ」

母の意見はいつだって正しい。

理性的で、合理的で、打算的で。

でも、人は恋をすると、うろたえて、分別を失って、普段の自分じゃいられなくて、正しい考え方なんてできなくなってしまうものなんじゃないだろうか。

好きだから、離れているのは耐えがたくて、ちょっとでも一緒にいたい。

そのためには、よく知らない男の子の弱みを利用して、無理やり従わせたりもしてしまう。

「ママはさ、医者の道に進まなかったこと、後悔していない？」

「ええ、まったく」

余裕に満ちた笑みで、母は即答する。

「せっかく医学部、受かったのに、もったいないじゃん」

「当時もさんざん言われたわ。でも、いくら社会に貢献できる仕事だからって、クオリティ・オブ・ライフを犠牲にはしたくなかったのよ。いいお相手が見つからない場合には眼科医にでもなろうかと思っていたけれど、パパと出会えて、本当によかったわ」

近江牛《おうみぎゅう》の陶板焼きに舌鼓を打ちながら、あたしは母の言葉に耳をかたむける。

「勤務医になった同期の話なんか聞くと、惨憺《さんたん》たるものよ。ほとんど未婚だし、四十で初産だった友人は三か月の赤ちゃんをシッターさんにあずけて仕事復帰しなくちゃいけないって涙を浮かべていたわ。いくら人手不足だし、スキルを低下させたくないからって、大事な時期にそばにいられないなんてかわいそうよね。医師は代替がきいても、母親という存在は誰にも代わることはできないのに」

母の言葉はいつも自信に満ちあふれている。

良妻賢母。

迷いのない人生。

女として死角なし。

「可愛い子供のそばにいて、その成長を見守ること以上に、大切なものなんてないわ」

愛おしげにこちらを見つめて、母はきっぱりと言いきった。

自分が医学部に進んだことで、本気で医師を目指していた誰かが不合格になったかもしれないなんてことは、この人は歯牙《しが》にもかけないのだろう。

もちろん、ずっと家にいて、手をかけて育ててくれたことに対して、あたしに文句が言えようはずもない。

けれども、少し引っかかってしまう。

「自分の人生なのだから、自分のしたいようにするのがいちばんよ」

そこで母はふと黙り、真剣な顔でこちらを見た。

「あおい、もしかして、医学部を考えているの？」

するどい指摘に、あたしは内心でぎくりとする。

この人はどうして、こんなにも相手の心を見透かすのがうまいのか。

「んー、いちおう」

「あら、それはパパが聞いたら喜ぶわね」

「えー？　むしろ、反対されそうな気がしない？　甘い世界じゃないんだぞって」

「口では厳しいことを言うかもしれないけれど、嬉しいはずよ。あの人、自分の仕事に誇りを持っているから」

「でも、まだ未定だから、パパには言わないでね」

あたしの言葉に「わかったわ」と答える母の顔には、喜色が浮かんでいた。

娘が医学部に進むということは、母にとっても嬉しいことなのだろうか。

あたしにはあまり自分がやりたいと願うことがない。だから、せめて、人の役に立つことをしようと考えて、将来の職業として医師を選択肢に入れてみた。

それに、医師という道は、母が望まなかったものだ。母がいらないと思ったものだからこそ、あたしは手に入れてみたい。

あたしと母の関係は、良好だけれど、ねじくれている。

「大変な道だけれど、あおいならきっとやれるわ。これからは女性医師を支援するための制度も充実してくるでしょうし、いいと思うわよ」

母はご満悦といった表情で、あたしを見つめている。

口には出さないけれども、母があたしのことを「自慢の娘」だと思っているのが伝わってくる。

園芸愛好家が丹精込めて育てた蘭や薔薇《ばら》の花を観賞するときにも、こういう目をするんじゃないかと思う。

水をやり、肥料にこだわり、温度管理にも心を配って、ついに美しく咲きました。

全部、母のおかげ。

あたしが自分の容姿を気に入っていない最大の理由。

それは、母の功績だから。

あたしの存在はすべて、優れた遺伝子を持つ男の精子を、的確に自分の卵子に導いた母の手柄だ。

どこまでいっても、何をしても、あたしは「母の作品」という感覚から逃れられない。

「あたしね、女の子が好きなの。レズビアンってやつかもしれない」

そう言ったら、母はどんな顔をするだろう。

そんな告白すら、完璧《かんぺき》な彼女の幸福を傷つけることはできない気がする。

母の手にかかれば、娘が同性愛者だということさえも、汚点ではなく、最先端のモードやステータスか何かのように取り入れられてしまいそうだ。

そして、それ以上におそろしいのは……。

搦《から》め手《て》で来られたら、自分を守りきれるかどうか、あたしは今でも自信がないのだ。

矯正されるかもしれない。

自分の気持ちなのに。

自分でも気づかないうちに。

だから、絶対に口には出せない。

「約束があるなんて残念ね。あおいとお買い物も楽しみたかったのに」

「ごめんね、友達がどうしても今日じゃなきゃ無理だって言って」

柿と甘酒のジェラートを味わいながら、あたしは謝る。

笹川くんとは時間を決めて待ち合わせをしているわけじゃない。

だから、これから母と買い物をして、そのあとで彼に連絡するという選択肢もある。

けれども、あたしはそうしなかった。

店を出て、タクシーに乗った母に手を振ってから、携帯電話を取り出す。

ワンコールですぐに出たので、携帯電話が鳴るやいなやあわてて飛びついた彼の様子を想像して、あたしは吹き出した。

Chapter 7

待ち合わせ場所にスタバを指示され、ひるまなかったと言えば嘘になる。あのコジャレた雰囲気のコーヒーショップは、自分とは無縁の世界なので、当然、一度も足を踏み入れたことはない。看板を見た限りでは、ドリンクの名前が呪文みたいでわけがわからず、あんなややこしい注文をカウンター越しに口頭で店員に伝えるなんて、はっきり言ってハードル高すぎだ。

だが、案ずることはない。ぼくにはグーグル先生という強い味方がいる。今の世の中、検索してわからないことなんてほとんどないんだぜ？

ふむふむ、サイズのSがショート、Mがトール、Lがグランデなんだな。よし、理解した。ラテというのが、ミルクの入っているやつか。うむ、準備は万端だ。スタバ、おそるるに足らず！

店の近くまで来ると、屋外の席で結城さんが座って本を読んでいるのを発見した。

今日の結城さんは私服でふわふわしたワンピースを着ていて、その美少女効果により、そこだけ輝いているというか、ニューヨーカーかパリジェンヌがいるみたいになっている。マガジンの表紙とかになってもおかしくないレベルだもんな。

結城さんは顔をあげると、ぼくに気づいたみたいで、席を立った。そして、コーヒーのカップをゴミ箱に捨てると、さっさと歩き出す。

あれ？　もう行くの？　せっかく予行練習してきたぼくの注文は……。

「髪は六時に予約してあるから」

……髪？　ああ、美容院か。

「あ、うん、ありがとう」

そうだった。すでに第一の試練であるスタバでいっぱいいっぱいになっていたが、今日はこれから服を買ったり、髪を切りに行ったりせねばならないのだった……。

「まずは眼鏡だね。セルフレームがいいとか、縁なしは嫌だとか、好きなブランドとか、こだわりはある？」

「いや、全然」

「だろうね。きみのその格好で、こだわりがあるとか言われても説得力ないから」

ぼくの服装を一瞥《いちべつ》して、結城さんがさらりとひどいことを言う。

え……。ぼくの服装、おかしいのだろうか。そりゃ、イケてはいないと思うけれど、でも、まあ、普通っていうか、いちおう、持っている服の中でもマシだと思うのを着てきたんだけれど。オタクっぽいからNGだとされる指なしグローブはつけていないし、アニメキャラのTシャツじゃないし、バンダナだって巻いていないのに。

「……ええーと、さしつかえなければ教えていただきたいのですが、ぼくの服、どこか変でしょうか？」

「変っていうか、中学生みたい」

ぐさっ！　今、なんか、胸に刺さったよ？

「きみの服について、親はアドバイス的なことを言ったりしないの？」

「べつに。つうか、そもそも、これ、親が買ってきた服だし」

「は？　意味がわからない」

「いや、そのまんまの意味だが」

「信じらんない！　いい年して、自分の着るものも自分で選ばないとか、きみ、なに考えて生きているの？」

「だって、面倒だろ。服なんかどうでもいいし。そんなことに脳のリソース割きたくない」

「服じゃなく中身で勝負とかいうわけ？　それなら、さぞかし立派なものがつまっているんでしょうね」

会話という名のラリーを楽しんでいたら、情け容赦ないスマッシュを打ちこまれた気分だぜ。

だめだ、勝てる気がしない……。

そんなこんなで、眼鏡屋に到着。結城さんはさっそく、展示してある眼鏡を端から端まで、チェックしていく。

「これとかこれとか、このあたりかな。はい、かけて」

結城さんに命じられ、ぼくは自分の眼鏡をはずす。

自分の素顔を人前にさらすのって、なんか、恥ずかしいんだよな。

しかも、眼鏡を試着すると、その顔を結城さんはまじまじと見てくる。うわ、ちょっとした羞恥《しゅうち》プレイだ……。

「いまいちだね、はい、次。……うーん、これも違うな。あ、これかけてみて」

結城さんから手渡されたのは、ど派手な赤いフレームの眼鏡だった。なんだよ、これ！　お笑い芸人じゃないんだから！

内心で突っこみつつも、言われるままに、ぼくはそれをかける。

すると、結城さんは爆笑した。

「あはは！　ウケる！　似合わなさすぎ！」

……………こっ、この女！

「じゃ、次はこれね。……うん、いいんじゃない？」

結城さんにうながされ、ぼくは鏡に近づいて、かけている眼鏡を見る。視力が悪すぎるから、度の入っていない眼鏡をつけても、よく見えないのだ。眼鏡の試着って、矛盾というか、無理があるよな。

「今のが黒だから、シルバー系も一本あったら便利でしょ？　これなら主張しないから使いやすそうだし」

結城さんが選んでくれたのは、銀色の細いフレームが上半分だけにある眼鏡だった。これ、似合っているのだろうか。自分ではよくわからない。というか、眼鏡って使い分けること前提なんだ……。ぼく、新しい眼鏡を買ったら、ずっとそれをかけるつもりだったのだが。

レンズなども眼鏡美人な店員さんに適当に選んでもらって、会計をすませる。やれやれ、やっとアイテムひとつゲットだ。

「服はカジュアルだと子供っぽくなるから、綺麗《きれい》め系か、あえてトラッドな感じで攻めるか」

そんなことを言いながら、結城さんはがんがん店をまわっていく。

「あたしの好みとしてはこのショップなんだけれど。でも、きみに似合うかどうかはまた別問題」

それにしても、自分がこんなお洒落《しゃれ》度の高い店ばかりの場所で女子と歩いていることが、いまだに信じられない。ぼくがいるべきはアキバだろ。これがいわゆるパラレルワールドってやつか？　世界線が変わったとしか思えん……。

「ぼーっとしていないで、きみの意見は？　きみの着る服を探しているんでしょ」

「いや、よくわからないし。任せるから」

「あのねー、そんな主体性のないことでどうするわけ？　ファッションというのは、自分がどういう人間かというのを一目でわかりやすく伝えるための手段なんだよ。中身がともなっていなければ滑稽《こっけい》なだけ。ベースとなるきみのスタイルがなければ、こっちだって選びようがないんだから」

しかし、服屋って本当に多いな。

これだけ膨大にある服のうちから、自分にぴったり似合うものをどうやって選べばいいと言うのか。

どれもそんなに大差ないように見えるし、べつに欲しいと思うものもないし、げんなりしてきた。

「あー、じゃあ、あんな感じで」

ぱっと目についたマネキンの着ている服を指さす。

「あのシャツは柄が強すぎて上級者向けだって。よりによってなんであれを選ぶかな。あ、でも、パンツはいいかも。着まわしやすそうだし。で、インナーは……」

言うが早いか、結城さんは棚から何着か選ぶと、店員をつかまえて、マネキンの服を脱がせてもらう。まだ、心の準備が……とか思っているうちに、フィッティングルームなる場所に連行され、服を一式、渡された。

フル装備して、カーテンを開ける。

「んんー？」

結城さんの顔に、微妙な表情が浮かぶ。

あれ、おっかしいなあ……こんな服だったっけ……みたいな顔するな！　マネキンが着ているときにはかっこよく見えても、ぼくが袖《そで》を通すとなぜかダサくなるんだよ！

「惜しい。もうちょっと身長あったらぴったりなのに」

結城さんが店員と「これって、Sはないんですか？」「こちらのラインはMとLしかお作りしていなくて」などというやりとりをしているのを聞いて、軽くへこむ。Sサイズって……。ぼくの身長はそこに分類されるってことはわかるんだけれど、できればMが着たい。

「きみみたいに中途半端な体型でメンズだと、服を探すのが大変なんだね」

鏡の中のぼくに哀れみの目を向けて、結城さんはしみじみと言った。

「あたし、基本的になに着ても似合うから、きみのような人の立場になって考えたことがなかったよ。これじゃ、ファッションに興味がないはずだ。なに着てもしっくりこないから、服選びが全然楽しくないもの」

言いたい放題だな、おい。

「サイズがちょっと大きくても着ることはできるわけだし、もう、これでいいよ」

「それがダサさのもとなんだって。服選びは、一に試着、二に試着！　妥協しない！　さっさと脱いで」

結城さんはぼくが試着した服を「ごめんなさい、イメージと違っていたんで。もうちょっとほかも見てきますね」と店員さんに突っ返して、平然と出て行く。ぼくの感覚では試着したら買わなきゃ悪いような気がするのだが、気に入らないときはあんなふうに堂々と断っていいのか……。

「路線変更。リーバイスとかでジャストサイズのジーンズを選んで、スニーカーも定番のにして、手堅く無難にまとめよう」

「うん、ぼくとしてもそのほうが無理してお洒落ガンバってますって感じで痛々しくなるよりもいい」

ジーンズショップに入ると、またしても試着地獄が始まる。

四本目にして、ようやく結城さんいわく「シルエットが綺麗に出る」ものが見つかった。

「ほら、ちゃんと自分でもチェックしなさいよ。離れた場所からも見てみないと」

試着室の外に出ると、しぶしぶ鏡のほうに目を向ける。

「あごをあげて、背筋を伸ばして、まっすぐ見る！　きみ、なんか、できるだけ鏡を見ないようにしているよね。鏡が苦手なの？　あ、わかった。鏡っていうか、そこに映る自分の姿を直視したくないんでしょ」

結城さんの言葉は、痛いところをピンポイントで突いてくる。

ああ、そうだとも。

鏡を見るのは苦痛だ。

そこには理想とかけ離れたものがある。

現実の自分、等身大の自分、ありのままの自分。

そんなものと向き合いたくなんかない。

試着して、鏡を見て、似合うかどうかチェックする……。結城さんは当然のようにできることなんだろうが、ぼくにとっては精神が崩壊しそうな作業だ。

「きみが自分で服を買いに行かない理由が、なんとなく読めてきた」

鏡越しにこちらを見つめて、結城さんが言う。

「選ばないことで、責任回避しているんだよ。たとえダサくても、気に入って選んだわけじゃないからって、心の中で言い訳できる。服なんかどうでもいいというのは、逃げ口上だね。自分で本気で選んだコーディネートで失敗して笑われるよりマシだもの」

嫌になるほどするどいな。樽《たる》の中に入れられて、どんどんナイフを刺されている気分だ。いつ、飛び出せばいい？

「だとしても、誰に迷惑かけるわけじゃないんだからいいだろ」

「でも、親には面倒かけているんじゃない？　買ってきてもらっているんでしょ？　甘えているよね」

容赦のない口調で、結城さんは言い連ねる。

甘えというより、むしろ親への思いやりだ。面倒を見させてやってんだよ。ぼくがこれからは自分で服を買うなんて言い出したら、うちの母親はどれだけショックを受けることか……。というか、この新しく買った服について母親がどんなリアクションを取るか考えただけで、薄ら寒くなってくるぜ。

「それで、ジーンズはどうするんだ？　ぼくはこれでいいと思うんだが」

「うん、いいんじゃない。裾《すそ》をつめてもらっている間に、くつを見よう」

さくっとジーンズを決めると、次はスニーカーである。

結城さんは何も手に取らずに「どれがいい?」と聞くだけなので、自分で選ぶしかない。

ずらりと並んだうち、ぱっと見では紫色のごついやつが初号機みたいでかっこいいと思ったのだが、いや、これは服に合わせにくいだろうと自分でもわかったので、最終的には地味でシンプルな黒いスニーカーを選んでみた。

「あたしだったらそれは選ばないけれど、きみが気に入ったのならいいんじゃない」

その言い方に、不安な気持ちがよぎる。

「いや、変だったら、正直に言って」

「だから、変じゃないって。べつに正解はひとつとかじゃないんだから、それがいいならそれにしなよ。面白みはないけれど、何にでも合わせやすそうだと思うし」

サイズもちょうどいいのが在庫にあったので、無事、お買いあげとなる。

「あ、箱はいりません。これ、履いていくんで、タグ切ってもらえますか」

レジで代金を払っていると、続いて結城さんが「こっちのくつ、どうする? いらないなら捨てておいてもらえば」と聞いてきたので、ぼくは啞然《あぜん》とする。そんなんありなのか?

ためらいがちに「これ、置いていったりしてもいいんですか?」と聞いてみると、店員は顔色ひとつ変えずに「はい、処分しておきますよ」と言うので、ぼくは古いほうのスニーカーをその場に残していくことにした。

　くつに続いて、裾上げの終わったジーンズもはいていくことにする。そのほうがほかの服を選ぶのに便利だとはいえ、さっき買ったばかりの服やくつをその場で装備するとか、ゲームの冒険者みたいなことをリアルでやるとは……。

　その後もさんざん連れまわされ、ありえないほど服を見すぎて、アウターとかトップスとかよくわからない専門用語を聞かされ、試着しまくりで、服に酔ったみたいになって、吐き気すらしてきた頃、ようやく、買う服が決まった。

　そして、レジで合計金額を聞いて、ぼくは卒倒しそうになる。

　たっか！　高すぎだろ！　今、白目むきそうになったわ！　おいおい、おなじ金額で新刊がどんだけ買えることか！　ていうか、オタクがダサいって言われる理由が今、わかった。趣味とファッションって両立は不可能だ、金銭的に。あ、そうか、趣味＝ファッションで服にお金をかける人が、お洒落《しゃれ》になれるのか。

　来たときとはまったく違う格好になったぼくを見て、結城さんは満足げにうなずく。

「決してお洒落じゃないけれど、普通の人ができあがったわ」

「よかった。それこそがぼくの求めていたスタイルだ。没個性、万歳！」

　このときには、まだ皮肉を言えるだけの精神力が残っていた。

　だが、このあとには美容院という最後の難関が待ち受けていたのであった……。

Chapter 8

さすがに夕方になると、少し肌寒い。

建物の外に出ると、あたしは自分の手をすっと伸ばして、となりを歩いている笹川くんの手を握った。

「……な、ななな、なっ」

彼の口から、声というには珍妙な音が漏れる。

そして、まるで魚が間違って甲板に飛びこんできたかのような動きで、彼は跳ねあがり、あたしの手をほどいた。

えー？　ここで振り払うか、普通。

「その反応はないでしょう？」

「だって、そんな、いきなり。こっちにも心の準備ってもんが……」

「あのねー、約束を忘れたわけ？　きみはあたしの恋人ってことになっているんだよ。

手くらい握らないでどうするのよ」

「あ、そうか、うん。ごめん。今度はちゃんとやるから」

笹川くんは神妙な面持ちで、こちらに手を差し出す。

そんな決死の覚悟みたいな表情を見せられてもね。

「もういいよ。はい、店、そこだから。じゃ、また学校で」

行きつけのヘアサロンまで案内して、あたしは踵《きびす》を返そうとする。

「え？　結城さんは？」

「あたしはもう帰るけれど」

あっさりと言うと、彼は「ええ、そんな……」と世にも情けない声を出した。

「なに？　まさか、きみが髪を切り終わるまで待っていろとか言わないよね？」

「いや、ううん、そういうつもりじゃ。そっか、うん、もう暗くなるし、夜道とか危ないし、結城さんは帰らないとな」

その言い方に、かちんとくる。

なにそれ、格好つけているつもり？

はっきり言って、空手をやっているあたしのほうが、きみなんかよりよっぽど強いと思うんだけれど。

「やっぱ、顔だけ出しておく。ほら、入って」

笹川くんの背中を押すようにして店内に入ると、さっそく店長さんがやって来た。

「結城ちゃん、この間はありがとね。さすがプロとして仕事をしているだけあってオーラが違うってみんな言っていたよ。ほんと、ポージングなんかも完璧《かんぺき》で、場の雰囲気がぐっと盛りあがるっていうか、こっちも刺激を受けて、いろんなアレンジを試したくなるんだよね」

店長さんはたぶん三十代後半だと思うのだが、エッジの効いたファッションセンスの持ち主で、今日もミラノ在住のゲイみたいな格好をしており、首に巻いた赤いネッカチーフが存在感をはなっている。

笹川くんがこわばった愛想笑いを浮かべて所在なさげにしているのに哀れを誘われ
「ヘアショーのモデルをしたの」と説明すると、店長さんもようやく彼の存在に気づいた。

「予約の笹川くん？　今日はどんな感じにしましょう？　結構、伸びているね。カラーも入れる？」

「あの、おまかせで……」

「だから、他人まかせにするなっていうの。ほら、自分で選びなよ」

おずおずと言いかけた笹川くんに、押しつけるようにしてヘアカタログを渡す。

ぱらぱらとカタログをめくって、彼は「それじゃ、これとかこんな感じとか……」

といくつかの髪型を指さす。

「今日は彼だけ？　結城ちゃんは？」

「あたしは切ってもらったとこだし」

「どうせだから前髪だけでも少し整えて、可愛くセットさせてよ。もちろんサービスで。今なら混んでいないし遠慮はいらないから」

笹川くんがほかのスタイリストさんの案内でシャンプー台に連れていかれた後、あたしはくるりとまわされた椅子に座って、鏡と向き合う。

パールホワイトのケープで体を覆われ、髪をほどかれる。

店長さんと世間話をしながら、頭の片隅で考えごとをする。

解剖のことを古い言葉で「腑分《ふわ》け」というが、たぶん、あたしはそれが好きだと思う。

衣服を剝《は》ぎ取り、皮を裂き、肉を切り、骨格や内臓をひとつずつ見ていく。貧血なんて絶対に起こさない。目をそらしたりもしない。ただありのままを観察する。

言葉や精神に対しても、あたしはそのような作業を行う傾向にある。

母が会話をするときに本心を見せず、テクニックを使うから、言葉の裏にあるものを探る力が鍛えられた。裏どころか、その言葉がどこから出てきたのか、根っこの部分、病巣とも言える箇所を突きとめなければ、気がすまない。

医学部を卒業した後、外科の道に進む人もいれば、精神科という道もある。結局のところ、大本はひとつということだろう。

「店長さんっておうちでもそんなふうに決め決めなんですか？」

「普段はスウェットとかも着ちゃうよ。うち、おチビさんがいるからね。食べ散らかすし、汚れた手でべたべたさわりまくりで、とてもじゃないけれどいい服は着られないよ」

店長さんは二歳になる息子くんのエピソードを披露してくれるので、あたしは笑いながら相づちを打つ。

斜め前の鏡には、おなじようにケープで身を包んだ笹川くんの姿が映っている。初対面の相手との慣れない会話で緊張してがちがちになっているのが、ありありと見てとれた。担当のスタイリストさんが口にした「犬派っすか？ それとも猫派？」なんてどうでもいい話題に真剣に答えようとして、懸命に言葉を探している。

誰もきみの考えを知りたいわけじゃないんだって。雑談というのはBGMみたいなもので、お互いの声で心地よいメロディを奏でて、場の雰囲気をなごませるためにある。内容なんてどうでもいいのに、彼はまったくそのことをわかっていない。

本気で会話をしようとするなんて、馬鹿みたい。

たとえば、今の店長さんとの話の流れにおいても「あたし、最近まで部屋着なるものの存在を知らなかったのですよ。あたしの暮らしている家では決して、くつろいだ格好なんてできないので」なんてことは言わない。それが自分にとって屈託なく扱える話題じゃないことがわかっているから。

そう、あたしはいつもちゃんと言葉を選んでいる。

なのに、さっき、笹川くんと話していたときには、つい、親との関係について「甘えている」なんて言ってしまった。

あんな言い方をすれば、怒って当然だ。しかし、笹川くんは軽く受け流してくれた。案外、心が広いのかもしれない。もしくは、感情を見せるほど心を開いていないだけか。

笹川くんの言葉にたびたび、なぜか、あたしは苛立《いらだ》ちを感じて、揶揄《やゆ》したり、かみつきたくなってしまう。

ファッションが自分という人間を伝えるための手段というのも、服選びに妥協なしというのも、母の口癖だ。自分に刷りこまれている母の価値観にぞっとする。しかも、あたしは幼少の頃より押しつけられたそれを笹川くんにも強制しようとした。彼がそんなことも知らずにのうのうと生きているのがむかついて。受け売りよりもひどい。

暴力をふるわれた腹いせに、弱者を殴るような行為だ。

母の言うことが、ひとつの価値観でしかなく、それが社会のすべてではないことは、頭では理解している。

母の口から出る「お洒落《しゃれ》は足もとからよ。ホテルマンはくつで相手を値踏みするのだから」なんて箴言《しんげん》に、あたしはいちおう耳をかたむけながらも、内心では「でも、履き古したスニーカーを履いている人がスイートに泊まることだってあるよね。収入のある人がわかりやすく、それに見合ったくつを履き、ブランド物の腕時計をして、高級車に乗るとは限らないわけだし。身につけているものにまどわされてしまっては、優秀なホテルマンと言えないのでは？　だいたい、普通の人は相手の足もとなんていちいちチェックしないよ」と反論を述べている。

華道の免状を持っている母には、料亭の床の間にある花を見て、それがどのような様式から成り立っていて、どれくらいの腕前の持ち主が活《い》けたものか判断できるだろう。けれども、今の世の中、多くの人にそこまでの審美眼はない。それどころか、花が活けられていたことに気づきすらしない人もいると思う。

ファッションもおなじこと。道行く人のほとんどは、母が求めるレベルの知識もセンスも持ち合わせていないし、気を配ったりもしていない。社会におけるファッションの機能なんて、母が考えているよりもずっと低い。

いまどき、ファッションでメッセージを伝えようとか考えている子は、服飾系の専門学校生くらいじゃないだろうか。自分で服を作り出すデザイナーならまだしも、好みのブランドを見つけて、服を選んで、買って、着ることに持たせられる意味なんてたかが知れている。

それでも、選択するよりほかに選択肢はない。

人間は自由であるべく呪われているのだ。

「はい、こんな感じでどうでしょう？」

店長さんが合わせ鏡にして、後頭部が見えるように角度を調節する。

「サイドを編みこんで、カチューシャっぽくして、こっちはゆるく巻いて、お呼ばれヘア的なアレンジにしてみました」

「わあ、可愛い！　ありがとうございます」

「もうちょっと大胆な盛り髪にしてもいいかなと思ったりもしたけれど、このあとは食事して帰るだけって言っていたし、高校生だから夜遊びモードはだめってことで。さすが結城ちゃん、こういうスタイルも抜群に似合うね」

このあとは食事して帰るとか言ったんだ、あたし。うーん、適当なことを口走っているな。

鏡の中では、自信に満ちた少女が口角をあげて微笑んでいる。

なんだかんだ言いながらも、あたしだって可愛いお洋服を着るとテンションがあがるし、髪型が決まると気分がいいし、着こなしを褒められると嬉《うれ》しい。

もし、母から何も押しつけられずに育ったら、あたしはもっとのびのびとお洒落を楽しめたのだろうか。けれども、たとえ母がファッションに無関心だったとしても、学校に行けば周囲の影響を受けざるを得ないし、同調圧力からは逃れられないだろう。表面だけ気にしていれば、もっと上手に面白おかしく生きていけるのかもしれない。けれど、あたしは自己を見つめてしまう。

そこに何もないとわかっているのに、自分の心を切開することをやめられない。

カットを終えた笹川くんが待たせたことを詫《わ》びながら近づいてくる。

さっぱりとした髪型になり、服も似合ったものを着て、すっかり見違えた彼だが、だからといってあたしの中での評価が変わったかというとそうでもない。

「おなかすいたし、何か食べて帰ろう。もちろん、きみのおごりで」

店長さんに見送られて、夜道を歩きながら、あたしは言った。

「いいけれど、結城さん、時間は？　あんまり遅くなると……」

「平気。駅まで迎えに来てもらうから。それより、なに食べる？　あたし、箸《はし》を使わないようなものがいいな」

「へ？　それって、フランス料理とかそういう……？」

顔を引きつらせる彼に、あたしは笑って答える。

「ナイフとフォークも使わなくて、手で食べるやつ。ハンバーガーとか。でも、マックはいや。モスか、フレッシュネスがいい」

すぐ近くにモスがあったので、禁煙席に陣取って、テリヤキバーガーにかぶりつく。

「オニオンフライってたまに無性に食べたくなるよね」

「玄米フレークシェイクもな。こういうのほかで食べる機会ないし。モスのスイーツは頼まずにはいられない」

「男のくせにスイーツとか言うな。キモい」

「甘いもののおいしさに男女は関係ないだろ。男のくせにとか差別発言だぞ。ぼくは真に男女平等を求める者だ。女性専用車両があるんだから、ぜひとも男性専用車両を作るべきだと思っているくらいだからな」

「なにそれ、汗臭そう」

「いや、マジ、本気で導入してほしいのだが。そしたら、混んでいても、痴漢に間違われる心配をしなくてすむだろ」

「公平って意味ではいいかもね。朝とかほかの車両はぎゅうぎゅうなのに女性専用車両だけ空《す》いていると申し訳ない気分になるし。あ、でも、どうだろ。そうやって区別するのって、真の平等からは逆行しているんじゃないの？」

「でも、男子トイレとか男湯とかは分けるのは普通だぞ。男子校だってあるし」

「男性専用車両か。言われてみると、あってもいい気がしてきた。なるほどねえ。でも、あたしみたいな性癖だと、むしろ、女湯とか入っちゃっていいのかなって思うよ。女の子の裸、見まくりだし」

「それは……嬉しいものなのか？　なんつうか、その、鏡を見ればいいのでは……とか思ってしまうんだが」

「自分の体とはべつものだもの。でぶの男が太っていて巨乳みたいだからって自分の胸を見たりもんだりしても嬉しくもないのとおなじだと思うんだよね」

「はあ、そういうものか。わかるような、わからんような」

神妙な顔でつぶやいて、笹川くんはポテトをつまむ。

ジルのワンピを着て、髪もプロにセットしてもらって、これからどこの高級ホテルで食事会ですかという格好をしながら、笹川くんみたいな子とモスでハンバーガーを食べているなんて、可愛さの無駄づかいもいいところだ。

「痴漢っていえばさ」

笹川くんのポテトに手を伸ばしながら、あたしは言う。

「かすみちゃんが彼氏とつきあうようになったきっかけって、痴漢にあっていたところを助けてもらったからなんだよね」

「へえ、そんな漫画みたいな展開、リアルでもあるんだ」

「かすみちゃん、ラッシュだから仕方ないって我慢してたらしいんだけれど、べつの男の人がちょっとすみませんとか言いながら、その痴漢との間に割りこんできて、こう腕を突っ張って、かばうように立ってくれたんだって」

「ほう、それは惚《ほ》れるな」

「でも、痴漢をしたやつは捕まらず、野放しなんだよ。絶対、許せない！　もし、あたしがその場にいたらタマに蹴《け》り入れて警察に突き出してやったのに！」

ずっと言いたくても、誰にも話せなかったこと。

それを今、あたしはようやく口にすることができた。

「だよな。男からしても、性犯罪をおかしたやつは去勢すべきだと思う」

うんうんとうなずいて、笹川くんが同意してくれたので、いいやつじゃん……とか思って、あたしの中で彼の評価がぐっとアップした。

お金持ちが必ずしも高級ブランドを身につけるとは限らないように、可愛いからってそれをうまく活用しなければならないと決まっているわけじゃない。

もうちょっと、ここで彼と話をしていよう。

そう思いながら、あたしはジャスミン茶を飲んだ。

Chapter 9

「笹川くん、髪、切った？」

ぼくの顔をのぞきこんで、森さんは言う。

「いいね。かっこいい」

やめてやめてやめて見ないで、何も言わないで、微笑みかけないで、お願いだから。

これ以上、好きになりたくない。

なのに、そんなふうに優しく声をかけられたりしたら、ぼくは……。

自分の人生において、女子から「かっこいい」と言われることがあるとは思いもしなかったし、しかも、そのセリフでこんなにもつらい気持ちになるなんて、何もかもが想定外だ。

今日もまた地獄が始まる。

どうしても目で追ってしまって、見つめているだけで幸せな気分になれて、けれど、向こうがこちらを見てくると、苦しくて、胸を焼かれる気持ちになる。

この責め苦から解放される日は来るのだろうか。

「もしかして、眼鏡も替えた？」

小首をかしげるようにして、森さんは顔を少し寄せてくる。

ぼくはあわてて、目をそらす。

落ち着け、ぼくの心臓。

「うん、ちょっと気分転換っていうか」

「何か、心境の変化があったの？」

「いや、特にそういうわけじゃないんだけれど」

「あ、それって……」

思いついたようにつぶやいて、森さんは言葉を切った。

「なに？」

「ううん、何でもない」

森さんは首を振るので、ぼくはますます気になる。

「なんか思うことがあるなら、率直に言ってほしいのだが。この眼鏡、変？」

「違うの。眼鏡はよく似合っている。そうじゃなくて、笹川くんが髪型を変えたりしたのって、誰か、気になる人ができたからなのかな……とか思って。余計なお世話だったらごめんね」

ぼくは一瞬、絶句する。

あなたがそれを言うか。

なんというか、もう笑うしかない。

「男の子も髪型で雰囲気がずいぶん変わるものなんだね。すごくいいと思う。あの、わたしにできそうなことがあったら何でも言って。いつでも相談に乗るし、応援するから」

普通にするんだ、普通に。

あたりさわりのない返答を何か……。

フリーズしてる場合じゃないって。

何でもいいから、適当に言わないと、変に思われるだろ、だから、ほら、早く……。

「あー、もう見てらんない」

背後から、小さくつぶやく声が聞こえた。

「笹川くん、今日はあたしと学食に行くって約束だったでしょ」

いきなり割って入ってきた結城さんに、森さんは目をぱちくりさせている。

「そうだ、そうだった、忘れていたよ、結城さん」

「そういうわけで、森さん、彼のこと、借りていくから」

結城さんは制服の袖《そで》をつまんで、ぼくを無理やり連れていく。

「いや、助かった、マジで」

廊下に出たところで、ぼくは礼を言う。

「きみって救いようのない馬鹿だよね」

結城さんは蔑《さげす》むような目つきで、こちらを見た。そんなに身長は変わらないはずなのに、ものすごく見おろされている気分だ。

「もっとほかにいくらでもうまいやり方ってものがあるでしょう。なんなの、あの会話。やる気あるの？　せっかくのチャンスだっていうのに」

「なんだよ、チャンスって……」

「森さんの彼氏がまだ来ていなくて、ふたりきりだったんだから、チャンスでしょ」

「なんか誤解していないか？　ぼくはべつに……」

言いよどむと、結城さんは形のいい眉《まゆ》をあげて、続きをうながす。

「なに？　はっきり言いなさいよ」

べつに、森さんとつきあうことなんて望んでいない。

そう言おうとしたのに、喉《のど》につかえて、言葉が出なかった。

「ぼくのことはどうでもいいんだよ。それより、そっちの話なんだが」

あたりに人通りがないのを確認してから、声をひそめて言う。

「まさか、結城さんはそのかすみって子と彼氏の仲をどうこうしようとか思っていないよな？　言っておくが、仁義にもとるような行為への協力はしないぞ」

「ご心配なく。あたしだって、かすみちゃんの幸せが第一だもの。無理やり別れさせようなんてことは考えてないって。だいたい、こっちが手出しをしなくても、どうせ、高校のときの彼氏なんて長続きするわけないし」

結城さんはきっぱりと言いきる。

「恋人とは別れることがあっても、親友は一生ものでしょ。だから、あたしは広い心で、かすみちゃんのことを今の彼氏にちょっとだけ貸してあげているの」

親友は一生もの。

その言葉を聞いて、ぼくの意識は一瞬、小学校のグラウンドへと引き戻される。

あの頃は、まだ、ぼくもリアルでサッカーボールを追いかけていた。自分に優れた運動神経がないことはとっくにわかっていたけれど、たまにボールがまわってきて、うまくパスをつなげたときはたまらなく嬉《うれ》しくて……。けれども、最初は楽しい遊びだったサッカーも、だんだんと上達していくうちにみんな本気で勝ち負けにこだわるようになり、ある日、ぼくのミスのせいで点を取られたとき、ついに「おまえ、下手すぎんだよ。もう来んな」と言われてしまった。

それも仕方ないかな、サッカーは好きだし、やりたいけれど、チームの足をひっぱっていることは確かだから……と思って、うつむいて、涙をこらえていたら、龍樹が言ったのだ。「勇太がやめるなら、おれもやめる」と。

一番の得点源だった龍樹がやめるなんてとんでもない話で、結局、ぼくもそのまま小学校を卒業するまで、サッカーを続けることができた。

あの日、帰り道で「あのさ、さっきはありがとな」と言うと、龍樹は「当然だろ、おれたち親友なんだから」と笑った。

そんなこと、龍樹はもう覚えていないかもしれない。

中学に入ってからは、龍樹とはクラスも部活もべつで一緒に遊ぶ機会も少なくなった。

でも、新しい環境になじめなくて、孤独に心が折れそうになったとき、あのセリフにどれだけ支えられたか……。

「恋人だから別れるとは限らないだろ。高校からつきあって結婚するカップルだっているかもしれないし」

龍樹と森さんは、この先もずっと、末永く幸せな未来を築いていくはずだ。

ぼくはそう信じている。

「なに夢見がちなこと言っているの？　そんなのあるわけないじゃん」

鼻で笑って、結城さんは食堂に入っていく。

弁当はあるのだが、せっかく学食に来たので、うどんも注文することにした。うどんを持って、奥の目立たないテーブルにつく。

おぼろ昆布とねぎしか具は入っていないが、あたたかい学食のうどんと弁当の冷えたご飯との組み合わせは最強だ。

うどんをすすりながら、その素朴な味わいをしみじみ楽しむ。

三人で昼食をとっていたときには、いつもろくに食べた気がしなかった。

森さんのそばにいると、何を食べても味がしない。

結城さんは向かいの席で、焼き魚定食を食べている。

どうでもいいが、ほれぼれするような箸使《はしづか》いだな。ほっそりとした指先は巧みな動きを見せ、じつに見事な手際で、秋刀魚《さんま》の身が骨からはずされて、結城さんの口へと運ばれていく。何をやらせても様になる女だ。

「森さんのどこが好き？」

いきなりの問いかけに、ぼくは豪快にむせた。

「なっ、なんだよ、その質問は」

「相談に乗ってあげようと思ってね。……いつでも相談に乗るし、応援するから」

わざとらしく可愛らしい声を作って、結城さんがさっきの森さんのセリフを真似る。

ぼくの手の中で、箸がぴしりと音を立てた。いかんいかん、折ってしまうところだった。

「今のそっくりじゃなかった？」

「みじんも似てねえよ」

「で、どういうところが好きなの？　どうして好きになったのよ」

「あのな……。そんなの、こっちが聞きたいくらいだ」

好きになるつもりなんかなかった。

まさか、好きになってしまうなんて思いもしなかった。

それなのに、気がついたら、こんなことになっていた。

「森さんって清楚系《せいそけい》っていうか、実は男の子ウケいいタイプだもんね。ナチュラルっぽいところとかも好感度高めで、落とすのも簡単そうだし」

「はあっ？　それはないだろ。むしろ、難易度は高いほうかと……」

「わかってないね。ああいう友達いないタイプの女子は、ちょっと優しくすれば、すぐに懐に入りこめるでしょ。単独で行動している子っていうのは、ねらいやすいの。野生動物なんかでも、群れから離れた個体は狩りやすいじゃん」

むっとして、口を開きかけたが、何も言い返さず、水を飲む。

「友達とか部活の仲間とかでつるんでいて、女子同士の結束が強いほうが、落とすのは難しいって。集団でかたまっている女子は、その男子に対する自分の気持ちよりも、まわりにどう思われるかのほうを重要視するからね。それに、彼氏ができたことで、それまでの友達づきあいができなくなって、ネットワークからはずれるのをなによりもおそれるし。そのグループに彼氏持ちが多ければ自分も彼氏を作っても大丈夫だけれど、ほかが彼氏なしで、いつもおなじメンバーでつるんでいるんだったら、そこから抜けたら、何を言われるかわからないもの」

なるほど。

てか、女子の世界、怖すぎる。

「恋愛において、いちばん大事なのは何か知っている？」

恋愛で大事なこと？

なんだろ、相手を信じること、とか？

「いや、わからん」

「タイミングだよ、タイミング。恋愛っていうのは、タイミングがすべてなの」

「はあ……」

「森さんがひとりでいて、落としやすかったときに、たまたま、今の彼氏がアプローチしたからつきあっているだけで、タイミングさえ合っていれば、きみにだって落とせたと思うよ」

「そんなわけないだろ。龍樹じゃなきゃ……。ぼくと龍樹は見た目からして全然あれだし。タイミングが大事とか、ただしイケメンに限るっていう条件つきだろ」

「森さんの彼氏のことはよく知らないけれど、彼女と話が合いそうなタイプじゃないような気がするし。だいたいね、イケメンは遊んでそうだし、気後れするから好きじゃないって女子は結構いるもの。きみのような外見のほうが安心感があって、彼女はもっと早くに心を開いたかもしれない……という見解だってあるんだよ？」

　めまいがした。

　血の気が引いて、どこまでも落ちていくような感覚にとらわれる。

「世界でたったひとりの運命の相手とか、そういうのは幻想だから。はっきり言って、相手は誰でもいいんだよ。ただ、タイミングが合えば」

　ふざけんな！

　誰でもいいとか、そんなわけあるか。

「きみのほうが先に親しくなっていたら、きっと、今頃、彼女のとなりにいたのはきみだっただろうね」

　反論したいのに、ぼくは倒れないよう食堂の机にしがみついているので精一杯だった。

　もしかしたら、森さんとつきあえるルートがあったかもしれない……。

　その指摘は、これまでないほど、胸をえぐった。

もし、龍樹が森さんのことを好きになる前に、ぼくが……。

だめだ、考えるな、考えちゃいけない。

そんな世界なんてあるはずない、どこにも。

森さんは絶対に、ぼくのものにはならない。

攻略不可能キャラなんだ。

「森さんの心は、本人のもので、誰を好きになろうと彼女の自由でしょう。心変わりは悪いことじゃない。人の気持ちは変わるもの。たとえ、今、つきあっている人がいようとも、ほかにもっと条件のいい相手が出てくれば乗り換えるに決まって……」

「……やめろ」

低い声で、ぼくは言う。

「それ以上、あのふたりを愚弄《ぐろう》することは許さない」

結城さんはわずかに驚いたような表情を浮かべた後、口の端をあげて、面白そうに笑う。

「ふうん、許さないって？」

ぼくの静かな怒りにも、まったく動じないようだ。

余裕綽々《よゆうしやくしやく》の態度で、こちらを見返してくる。

「許さなければ、どうするの？」

どうも……できない。

ぼくには何もできないんだ、どうせ。

絶望の淵《ふち》から顔を出して、深く息を吐く。

「じゃあ、頼む。お願いすればいいんだろ。頼むから、この話題はやめてくれ。ぼくは本当に、今のままでいいんだ。だから、余計なことは言わないでほしい」

「つまんないの」

結城さんは少しだけ肩をすくめて、魚を食べる作業に戻った。

そう、これでいい。

龍樹と森さんは、これからも仲良くつきあい続ける。

ぼくのこの胸の苦しみは、一時の気の迷いで、そのうち自然に消滅するだろう。

ただ、その日を待てばいいんだ。

何も問題はない。

結城さんは黙々と箸を動かしている。

気分を害してしまったのだろうか。

「あー、でもさ、アドバイスくれようとしたその心づかいは、ありがたくもらっておくから」

念のため、フォローを入れておく。

「気にしないで。きみのためを思って言ったわけじゃないし。何もしないまま、勝手に後悔すればいいよ」

抑揚のない声で言って、結城さんは食事を続けた。

Chapter 10

教科書をかばんにしまって、帰る用意をしていると、後ろからハグされた。

「あおいちーん、聞いてよー」

「重いよ、夏歩《かほ》」

そっけなく言いながらも、あたしは腕を振りほどくことなく、されるがままでいる。

背中に胸があたっているが、案外、柔らかい感触は伝わってこない。ノーブラで押しつけられたなら、また違うのだろうけれど。

「チケット取れなかったんだよう。ショックすぎて、立ち直れなーい」

あたしに腕をまわして、夏歩はしくしくと泣き真似をする。

夏歩はマイナーなビジュアル系メタルバンドの熱心なファンで、クリスマスに行われるコンサートをそれは楽しみにしていたのだ。

「よしよし、かわいそうに」

くるりと体勢を入れ替えると、あたしは夏歩を抱きしめ、頭をなでる。

夏歩はバレー部に入っていて、女子にしては身長が高いほうだ。髪型はベリーショートで、目元が涼しくて、美人というよりハンサムという言葉がぴったりくる。

高校に入ってすぐ、夏歩とは仲良くなった。

教室で彼女のことを見た途端、あ、この子だな、とぴんっときた。

自分と釣り合う相手。

気兼ねなく接することができる相手。

向こうもおなじように思ったらしく、自然と友達になった。

夏歩のことは好きだし、可愛いと思うが、それってやっぱり友達としての感覚で、かすみちゃんに対する思いとは違う。

たとえば、いつか環境が変わって、夏歩との交際が途絶えてしまったとしても、あたしは人生とはそういうものだと受け入れるだろう。けれども、かすみちゃんとのつながりは、絶対に途切れさせたくない。

「クリスマスはとことんつきあってあげるからさ。夏歩の好きなお菓子をいっぱい買って、食べまくろう」

「うん、ありがと、愛してる」

ひとしきり愚痴を言ってすっきりしたらしく、夏歩の声に明るさが戻った。

「そういえばさ、あおいちん、最近、笹川と仲良くない？」

「んー、ちょっとね。彼、成績がいいし、いろいろと利用させてもらおうかなとか思って」

「抜け目ないなあ。女王様的にはああいうタイプも配下に入れておきたいというわけか。あおいちんって人脈すごいもんね」

そんな会話をしながら、教室を出る。

すると、ひとりの女子が近づいてきた。

「あの、これ、私のアドレスです」

夏歩を見あげて、その子は可愛らしい文字の並んだメモ用紙を差し出す。

地味な顔立ちの子だ。勇気を振り絞っているという感じで、手が震えている。

「友達になりたくて、だから、メールを……」

「いらない、間に合っているから」

冷淡に言って、夏歩はさっさと歩いていく。

その対応に打ちのめされて蒼白《そうはく》になっているところに、あたしは声をかける。

「ごめんね。夏歩って不器用な子で、メールとか面倒なこと嫌いなんだよ」

そうフォローしておいてから、夏歩を追いかけた。

「夏歩も、もうちょっと言い方ってものがあるでしょう」

「ああいうタイプは勘違いさせたら面倒だからはっきり言ったほうがいいんだって。手書きのメモとか、うざすぎる。どうせ、本当に友達になりたいとかいうわけじゃなく、つながりを自慢したいとかでしょ」

あたしも見知らぬ相手から「友達になってください」なんて言われた経験があるので、気持ちはわかる。でも、だからこそ、そういうときにうまく立ちまわらないと自分の首を絞めることになるのも知っているのだ。

「アドレス教えないのは当然だとしても、角の立たない断り方をすればいいのに」

「あおいちんは女子に甘いよね。優しいのはいいけれど、つけこまれないように」

「夏歩のほうこそ、逆恨みされて、刺されないように気をつけなさいよ」

忠告して、部活に向かう夏歩を見送る。

それから、あたしは図書室のあるとなりの棟へと向かった。

今日も図書室のカウンターには、いつもとおなじ髪型をした八王寺さんが座っている。

「これ、ありがと。今回のも面白かった」

先日借りた『アンナ・カレーニナ』を全巻まとめて返すと、八王寺さんは眼鏡の向こうに驚きの表情を浮かべた。

「もう全部、読んだの？」

「続きが気になって、一気に読んじゃった。幸せな家庭はどれもみな同じようにみえるが、不幸な家庭にはそれぞれの不幸の形がある、っていう有名な書き出しは知っていたけれど、まさかこんなメロドラマだったとは」

「結城さんって、普段本は読まないとか言っていたわりに、読むの速いよね」

「小説は読まないけれど、読書自体をしないわけじゃないから」

「あ、そうなんだ。どういう本を読んでいるの？　漫画とか？」

「なんだろ、哲学とか思想とか？　あと、自然科学のエッセイみたいなやつも、家の本棚に並んでいるから適当に読んだり。うち、兄が大学で哲学をやっているから、口論で負けないためには知識を仕入れておかなきゃいけないんだよね」

「うっ、それはかっこいい。ていうか、結城さん、お兄さんいるんだ。似てる？」

「写真、見る？」

「いいの？　わあ、見たい」

携帯電話に入っていた写真を見せると、八王寺さんは目をまるくして、悲鳴をさえぎるかのように両手を口にあて、大きくのけぞった。

「すごい。なにこれ、王子様？」

笑いながら、八王寺さんはもう一度、携帯電話の画像をのぞきこむ。

「ウケるでしょ？　友人の結婚式なんだけれど、気合入れて自分で選んだ格好がこれだよ。おまえはどこのお笑い芸人だみたいな」

「かっこよすぎるよ！　実在する人だとは思えない」

「ええっ？　八王寺さん、その反応はおかしいって」

「美形遺伝子ってあるんだねえ。一般人でこのレベルってありえないよ。さすがは結城さんのお兄さん……」

「いや、でもさ、顔の造形うんぬんの前に、この衣装はないでしょ？　うちの兄、偏差値は高いのに人間としてはアホだから」

「ますますツボだわ。どうしよう。美形で頭良くて変人とか、ストライクどまんなか」

八王寺さんは頰を紅潮させ、興奮した口調で言う。

うーん、八王寺さんの趣味がわからない。

「気に入ったのなら、紹介しようか？　たぶん、彼女いないと思うし」

すると、八王寺さんはぶんぶんと勢いよく頭を横に振った。

「そんな滅相もない」

「まあ、こちらとしても、積極的におすすめできる物件かというと微妙だけれど。男子校育ちで、女心とか全然わかっていないようなやつだから。でも、そういう兄だからこそ、八王寺さんみたいにしっかりした人がそばにいてくれるといいと思うんだよね。実際につきあうかはともかく、一回、会ってみるだけでも、どう？」

実家が裕福な医者ということや兄のいる大学名を知れば、その蜜《みつ》に寄ってくる女はいるだろう。けれど、そういう手合いに引っかかる前に、打算のない男女交際を経験してほしいのだ、血縁者としては。

兄は今でも、いいように母に操られていて、それに気づこうとも、もしくは気づいているのに抜け出そうともしていない。

兄の彼女と共同戦線を張って、母の支配から兄を解放するというのも面白そうだと思ったのだが。

「無理無理無理、釣り合わないって！　こんな格好いい人を目の前にしたら、どうしていいかわからないし、絶対無理だから」

両手を振りながら、八王寺さんは頑《かたく》なに拒否する。

見た目のいい男は実は女子から敬遠されるという実例がまさにここに。

「八王寺さんって彼氏とか好きな人がいる？　それだったら、紹介って言われても迷惑なだけかな」

「そういうわけじゃないけれど。……困ったな。今日は結城さんが来るとは思わなかったから、次のおすすめ本を用意してないよ。今から、何か取ってくるね」

話をそらすように八王寺さんは立ちあがり、本棚のほうへと向かう。

「どうしよう。何か読みたい傾向というか、リクエストとかある？」

「女の子が女の子のことを好きになっちゃうような話がいいな」

もし、そんなことを言えば、八王寺さんはきっと面白い本を教えてくれるだろう。

だが、もちろん、実際に口には出さない。

「おまかせする。八王寺さんが選んでくれる本って、はずれがないから」

「そう言われるとプレッシャーだ。何がいいかな……。ああ、基本中の基本『高慢と偏見』を忘れていた。これは読んでもらわなきゃ。ジェイン・オースティンはどれもいいんだけれど、まずは『高慢と偏見』だね。『高慢と偏見とゾンビ』っていうパロディ小説もあって、そっちも面白いんだよ」

声を弾ませながら、八王寺さんは本棚に手を伸ばして、文庫本を引き出す。

「あと『ジェイン・オースティンの読書会』っていう小説があって、年齢も性別も職業も違う六人が集まってジェイン・オースティンの長編を読んで感想を言い合うっていう話なんだけれど、これも本好きにはたまらなくて」

「八王寺さんって、本当にいろいろ読んでいて、くわしいよね」

感心した口調で言うと、彼女は照れたように笑った。

「小説ばっかりだけれどね。いちおう、将来は本に関わる仕事がしたいなと思っているし」

「出版社とか？」

「でも、ものすごく倍率が高いらしいんだよね。あと、司書さんもいいなと思ったり。結城さんは？　進路とか考えている？」

「あたしはまだ全然」

「まだ先のことだもんね。なんて思っていると、すぐに受験が来ちゃったりしそうなところが怖いんだけれど」

そんな話をしながら、八王寺さんはカウンターで本の貸し出し手続きをする。

そして、あたしに本を渡して、少し言いにくそうに口を開いた。

「まさかまさかとは思うのだけれども、結城さんの好きな人って、眼鏡をかけていて、イニシャルがSだったりする？」

「うん？　どうして？」

あたしは首をかしげる。

かすみちゃんは眼鏡をかけていないし、イニシャルはKだ。

「授業中、結城さんがある男子のほうを見ているのに気づいちゃったものだから。それに、お昼ご飯も一緒に食べていたし。もしかして、結城さんの片想いの相手が彼だったりしたら意外というか、結城さんのことをますます見直すなあと思って」

ああ、笹川くんか。

やっぱり、あたしの相手が彼だと、引っかかりを感じてしまうのだ。

これは少し考え直す必要があるかも。

「ごめん、詮索《せんさく》するのは良くないよね。気にしないで」

手を合わせて謝る八王寺さんに、あたしは笑いかける。

「ううん、恋話《こいばな》って楽しいもんね。また今度、ゆっくり話そう」

そう言って本をかばんにしまうと、軽く手を振って、図書室をあとにした。

歩きながら、例の計画について考える。

あたしと笹川くんが恋人同士だなんて、信じてもらえるだろうか。

彼は森さんに恋をしている。

それは一目瞭然《いちもくりょうぜん》だ。

森さんを見つめているときのまなざしと、あたしのことを見ているときでは、あきらかに違う。

これは計画を微調整する必要があるかもしれない。

くつを履き替えて、あたしは彼に電話をかける。

「今、どこ？」

「高校の近くのゲーセンにいるが」

「ちょうどよかった。噴水公園で落ち合いましょう」

それだけ言うと、校門を抜けて、公園へと向かう。途中の自動販売機で缶コーヒーを買って、ベンチで飲みながら待っていると、笹川くんが息せき切って走ってきた。

「どうしたんだ？」

「あたしのこと、森さんだと思って、見つめてみて」

「……はい？」

間の抜けた声を出して、彼は立ち尽くす。

「なんだ、それ」

「恋人のふり。好き好きビームを出して。さあ、早く」

「いきなり言われても。……こ、こんな感じか？」

「だめだね。全然なってない」

彼は精一杯の努力をしたのだろうが、予想以上にひどかった。

「つきあっているふりは無理だわ。きみ、演技力が皆無だもの」

「だからさ、最初から言ってるだろ。ぼくと結城さんが恋人同士とか無理があるって」

「設定を少し変更する。きみはあたしのことをただの友人としか思っていないんだけれど、あたしが一方的にきみに片想いをしていて、距離をつめるためにかすみちゃんたちに協力してもらってダブルデートをする。これでいいでしょ」

あたしの説明に、笹川くんはあんぐりと口を開けた。

「全然良くねえよ。結城さんみたいな人がぼくに片想いとか、リアリティなさすぎだろ」

「それもそうだね。それじゃ、あたしがきみに惚《ほ》れるような、何か、こう説得力のある理由を考えて」

「無茶を言うな」

「あれは？　ほら、雨の日に濡《ぬ》れている捨て猫を拾っているのを目撃して、胸がきゅんっとなったとか」

「いつの時代の少女漫画だ」

あきれた口調で、笹川くんが突っこむ。

「だいたい、そのシチュエーションで結城さんは惚れるのか？」

「うーん、ないな。きみが捨て猫を拾っているのを見たとしても、何の意外性もないもの。助けて当然っていうか。あれって、いつもは悪ぶっている不良が優しい面を見せるというギャップにときめくのだろうから、きみには使えない手だよね」

笹川くんの全身を観察しながら、どこかに惹《ひ》かれそうなところがないか、考えてみる。

「たちの悪い男にからまれていたところを助けてくれた……とかも、きみじゃ、無理そうだもんね。なに、この二の腕。全然、筋肉ないじゃん。腕相撲しても負ける気がしないわ。腕立て伏せでもして、もっと、体を鍛えなよ」

「余計なお世話だ」

「あたしはきみのどこを好きになればいいわけ？」

「知るか」

「真面目に考えなさいよ」

「そんじゃ、結城さんのツボっていうか、なんで、そのかすみって子のことを好きになったんだ？」

「んー？　なんでだろう？　なんとなく？」

首をかしげながら、あたしは答える。

「べつにきっかけとかってないよね。そばにいるうちに、いつのまにか特別な存在になっていた……みたいな」

「何の参考にもならないじゃないか」

「だって、そうなんだから、仕方ないでしょ。あたしだって、自分の気持ちがよくわからないから、恋愛小説とか読んで確認しているわけだし。かすみちゃんと仲良くなったのは小学生のときなんだけれど、そのときには普通に友達だと思っていたし。あたし、お受験に失敗してるんだよね」

ぽつりと言うと、笹川くんは無言で続きをうながした。

「うちは兄が幼稚園から私立の男子校だし、親はあたしもおなじ系列の女子校に入れるつもりだったんだけれど、なんか嫌で、面接のときに、わざと反抗的な態度を取ったの」

そのときには自己分析ができていたわけではなく、ただむしゃくしゃしていたがゆえの行為だったが、ちょうど自我が目覚めかけていて、母の呪縛《じゅばく》を振り払いたかったのだろう。

「公立の小学校に行ったおかげで、かすみちゃんと出会うことができたから、あたしの直感は正しかったんだよね。かすみちゃんとおなじクラスになったのは三年生のときで、そのあとはずっと一緒で、親友っていうか、一番の仲良しで、学校でも塾でもかすみちゃん以上に好きになれる子はいなかった。どうしてかすみちゃんだったのか、その理由はわからない」

「まあ、友達とかって、自然に仲良くなるっていうか、気が合うからとしか言いようがないよな」

「そうなんだよ。で、親はあきらめず、中学受験をさせようとして、でも、私立に行ったらかすみちゃんと離ればなれになっちゃうから、あたしは合格したくなかったんだ。それで、受験前から風邪っぽい小芝居をして、当日は熱が出たことにして、不合格となったというわけ。実力的には合格できたんだけれど。でもさ、改めて考えてみると、友達とおなじ中学に通いたいがために私立を蹴《け》るって、いきすぎているよね」

「そうだな。なんつうか、気持ちはわからんでもないが」

「で、かすみちゃんはあんまりお勉強ができる子じゃないし、さすがに高校はおなじところはあきらめて、あたしはここを受けたんだけれど、かすみちゃんに会えないことがつらくて、切なくて……。我ながら、この気持ちはおかしいと思って、もしかして、これって恋では……と気づきはじめたところに、かすみちゃんに彼氏ができたって聞いて、その男に強烈なジェラシーを感じたの。あたしのかすみちゃんをよくも奪ったな、って」

「結城さんってさばさばしているように見えて、独占欲強いタイプなのか？」

「本質的には、淡泊な性格だと思う。こんな気持ちになるのは、かすみちゃんに対してだけだし」

「そのかすみって子は、どこがそんなにいいんだ？」

「優しいし、可愛いし、一緒にいると安らげるし、あたしが落ちこんでいると元気づけてくれるし、とにかく全部いいんだよ」

「そうか。うーん、そうだな、あー、そんなら、こういうのはどうだ?」

笹川くんはベンチの前に立ったまま、あごに手をあてて、考えながら話す。

「中学のときに、結城さんは受験の悩みをネットで相談して、それにレスしたのがぼくで、そこからメールでもやりとりするようになって、おなじ高校を志望しているってことで、はげましあったりしているうちに、気になる存在になって、でも、実際には会ったことがなかった、と。そんで、ふたりとも無事に合格して、結城さんはメールの相手だったぼくとついに高校で出会った……とか」

「外見は知らないまま、文面に惹かれたというわけ? いいんじゃない、それ。シラノみたいで。しかし、よくもそんな嘘八百を思いつくことができるもんだね」

「いや、結城さんから聞いた話をアレンジしただけだし」

「まあいいや。そんな感じで、手を打つことにするか」

そう言うと、かすみちゃんをデートに誘うべく、あたしは携帯電話を取り出した。

Chapter 11

デート仕様の結城さんを見て、ぼくはひるんだ。

本気を出したら、こんなにもすごいのか。

今さらながら、その美少女ぶりに圧倒される。

よく少女漫画でキャラクターの美しさを表現するのに背景に薔薇《ばら》や星を描くという手法が用いられるが、まさに結城さんのまわりには花が咲いているのが見えてもおかしくないというか、遠くからでもきらきら輝いているようだった。

駅の改札を出て、結城さんのところまで行く間にも、近くを通りすぎていく男はほとんど結城さんに目を奪われているようで、友達同士で「おい、見たかよ」「ああ、レベル高いな」とか言い合っているのも聞こえてきた。

本当なら、ぼくが軽口を叩《たた》けるような相手ではない。

もし、普段の自分なら、結城さんのような女子とは目を合わせることはおろか、まともに会話すらできなかっただろう。

ただ、現在のぼくは、森さんへの気持ちによって、ステータス異常になっている。正常な反応が起こらない。だから、結城さんの魅力も無効化されて、普通に接することができたのだと思う。

しかし、少し離れた場所から客観的に結城さんの姿をながめて、尋常じゃないほどの美少女だということを再確認した今、声をかけるのがためらわれた。

今日一日、これほどまでに美少女な結城さんと一緒に歩かなければならないかと思うと、正直、腰が引ける。

そんなことを思っていると、結城さんのほうが先に声をかけてきた。

「その場で一回まわって」

開口一番がそれかよ。

命じられるままに、ぼくはその場でくるりとまわる。

次は「ワン」と言えばいいのだろうか。

ぼくの全身をくまなく観察すると、結城さんはうなずいた。

「ま、こんなところでしょ」

言いながら、ちょいちょいと手招きするので、もう一歩そばに寄る。

近づくと、結城さんからふわりといい匂いが漂ってきた。間近でまじまじと顔を見つめられ、居心地の悪いことこの上ない。

「くちびるの荒れが気になるな。リップ、持っている？」

ぼくが「いや」と首を振ると、結城さんは自分のかばんからスティック状のリップクリームを取り出して、こちらに手渡した。

「それ、あげるから。きみが使った後に返されても困るし」

これを使えと？

でも、これって結城さんが使っていたものだってことは、いや、だからさ、それって、間接キスというか、いいのかマジで？

だが、何か言うのも変に意識しているみたいなので、内心の動揺を隠して、ごく自然な感じでリップクリームを塗る。

「あとさ、きみ、どっか、痛めている？」

「なんで？」

「今、体をかばっているみたいだったから」

そんなそぶりを見せたつもりはまったくなかったのだが。わずかな動きから気づくとか、どこの武芸者だよ。

「ちょっと、筋肉痛っていうか」

「筋肉痛？　なにやったの？」

腕立て伏せと腹筋を少々……。

筋トレとも言えないレベルなので、返答につまる。

「大したことないから。それより、時間いいのか？」

「そだね。そろそろ行こうか」

残りのふたりとは、遊園地に入ってから合流する手筈《てはず》となっているらしい。

「いちおう、きみの言っていたような受験生の相談サイトとか見てみたから」

歩きながら、結城さんが言った。

「ネット上で悩みを相談しようとか思うのって、理解に苦しむんだけれど。相手がどんな人間かもわからないのに、よく相談をしたり、答えたりできるよね。きみもああいうのに書きこんだりするの？」

「いや、ぼくも書きこみはしない派だから」

即座に否定する。

実際には、受かってもいない高校の卒業生や在校生になりすまして「進学校のくせに運動部の上下関係がハンパない」だとか「数学のTはセクハラ教師」だとか「中学時代にトップだったやつが集まるから、プライドが高くて、落ちこぼれたときには不登校になりやすい。ソースは俺」だとか、嘘を意味もなく書きこんでいたのだが。

「ちょっと調べればわかるような質問も多いし。ネットを使えるのなら自分で検索すればいいのに」

「それは思う。誰かが答えてくれるのを待つより、自分で調べたほうが早いよな」

そんな会話をしながら、遊園地の入園ゲートに向かう間にも、何人かとすれちがって、そのたびに視線を感じた。

結城さんに見とれるのは男ばかりではなく、意外と女性のほうが堂々と見てくる。

そして、ぼくにはその人たちの考えていることがありありと伝わってきた。

このふたり、デート？　まさかね。

この美少女と、こいつ？　ありえないだろ。

決して被害妄想ではないと思う。

なぜなら、ぼくがすれちがうほうの立場だとしても、おなじように思うだろうから。

「あのさ、気を悪くしたらあれなんだが、結城さんって普段から道を歩くだけで他人から注目を集めるものなのか？」

「ん？　時と場所にもよるかな」

確かに、この間、服を選んでいたときにはこれほどでもなかった気がする。

「普通に歩いているだけで、こんなにじろじろ見られるって、結構きついものがあるな」

常に石ころぼうしをかぶっているようなぼくには、精神的に耐えられそうにない。

「慣れているから。見られるだけなら害はないし」

「害があるようなことも、あるのか？」

突っこんでいいものか迷ったが、聞かずにはいられなかった。

「勝手に写真を撮ったりするのはやめてほしいよね。あと、しつこいスカウトとか。最近はナンパはないけれど。声かけてくるなオーラを発することができるようになったから」

「美人もそれなりに大変なんだな」

「注目を集めるのが嬉《うれ》しいって子もいるんだろうけれど、あたしはそういうタイプじゃないから鬱陶《うっとう》しいと思うときもある」

「だろうな。さっきから、結城さんの余波を受けて、こっちも見られるのだが、あまりいい気分はしない」

「そう？　美人を連れていると箔《はく》がつくというか、男としては自慢になると思うのだけれど」

「あー、そういう考え方もあるか。でも、冴《さ》えない男が美人を連れていると、金目当てっぽい感じがして、いたたまれないし」

「実際、そのパターンは多いだろうね。トロフィーワイフってやつ」

「なんだ、それ」

「知らない？　成功して金や地位を得た男は、トロフィーみたいに見せびらかすための若くて美しい女を手に入れるものなんだよ」

「身も蓋《ふた》もない言い方だな」

もし、これがふりなんかじゃなく、結城さんが本物の恋人だったら、ぼくは自慢に思うのだろうか。この美少女を見てくれよ、これがぼくの彼女だ、ぼくはこれほどまでにスペックの高い女子をゲットできる力を持っているんだぜ！　うーん、無理だ。とても、そんなふうに思えそうにない。

「結城さんは誰かのトロフィーになるんじゃなく、自分がトロフィーを持って表彰台に立っていそうだよな」

そう言うと、結城さんはこちらを見て、ふっと笑みを浮かべた。

遊園地に入ると、結城さんは携帯電話を取り出した。

「うん、今、ゴーカートの近く。……そうそう、あ、いた、こっち、こっち！」

結城さんが携帯電話で話しながらぴょんぴょんと跳びはねて、手を振っていると、前方より男女のふたり組が歩いてきた。

あれが「かすみちゃん」か。

全体的に柔らかそうで、ぽっちゃり系というか、親しみやすい印象の子だ。思わず胸に目がいってしまったが、結城さんの好きな相手だということもあるし、コメントこ、それで、石田《いしだ》さん。あちらにいるのが彼氏の石田さん。で、かすみちゃん。


「この子が友達のかすみちゃん。で、あちらにいるのが彼氏の石田《いしだ》さん。それで、こちらが笹川くんです」

結城さんからの紹介を受けて、ぼくが「どうも」と頭をさげると、かすみさんは笑顔を見せた。

「こんにちは。会えて嬉しいです！」

おお、声が可愛い。

純粋に顔だけならクラスで中の下くらいであろうレベルだが、甘めの声でかなり補強される。

かすみさんは好奇心を抑えきれないといった表情で、ぼくのことを見あげている。気まずくて、目をそらす。そこに、結城さんが声をかけてくる。

「かすみちゃんたちはもう何か乗った？　あたしたち、さっき来たところで」

「ううん、まだ。あおいちゃんたちが来てから一緒にと思って。さっきまでクレープ食べてたんだ、朝ご飯代わりに。石田さんがね、ここのクレープ屋さんのマロンカスタードがすごくおいしいって教えてくれて」

「いいな、クレープ。あたしもあとで食べよっかな。ねえねえ、かすみちゃん、まずは何から行く？」

「絶対に乗りたいのは、ジェットコースターだよね」

「あと、ホラーハウスもはずせない」

結城さんとかすみさんは、女子同士で盛りあがっている。

かすみさんの彼氏である石田さんは、穏やかそうな好青年という感じだった。結城さんの話によると、大学の三年生で一浪しているということだが、さすがに雰囲気が落ち着いている。

「石田です。今日はよろしく」

ぼくの視線に気づいて、石田さんが声をかけてきた。

「あ、笹川です。こちらこそ、よろしくお願いいたします」

「今日は晴れてよかったね。遊園地なんて何年ぶりだろう」

はしゃいでいる女子ふたりを見て、石田さんは目を細める。

イケメンというわけでもないがブサイクでもなく、どこにでもいそうなタイプだ。

おそらく文化系で、似通った属性だという気がする。

この調子で結城さんとかすみさんがふたり組になると、必然的にぼくは石田さんと会話をすることになるだろうから、話しやすそうな人でよかった。

「ぼくも遊園地は久しぶりで」

園内は新しいアトラクションが増えたりして、かなり様変わりしていた。

そういえば、ここ、ちょっと前に龍樹と森さんがデートしたって言っていたっけ。

「絶叫系はいけるほう？」

ぐるぐるとうねるジェットコースターのレールを見あげて、石田さんが言う。

「はい、それなりに」

好きでもなければ嫌いでもない。昔は怖かったが、臆病者《おくびようもの》だと思われたくなくて無理して乗りまくっているうちに平気になった。目を閉じてちょっと我慢していれば、たいていのことはどうにかなるものだ。

「それは心強いね」

「石田さんはどうですか？」

「実は、苦手なんだ。女の子のほうがああいうスリルのあるものが好きだよね。高さやスピードは大丈夫なんだけれど、急降下するときの体が宙に浮く感覚がどうにも」

「ああ、わかります」

「彼女は乗りたがっていたけれど、ひとりでつきあうのは大変だなという気持ちがあって。だから、ダブルデートという形にしてもらえてよかったよ」

このセリフには、ぼくたちが邪魔者ではなく、歓迎しているということを伝える意味もあるのだろう。これが大人の気配りってやつか。

するとようやく会話を終えて、女子たちがくるりとこちらを向いた。

「まずは観覧車です！」

楽しそうに宣言するかすみさんの横で、結城さんもうなずく。

「今のうちなら混んでないし。観覧車って夕暮れの時間帯が人気だからね。そうと決まれば、さ、行こう」

そして、ふたりは並んで歩き出す。

ぼくと石田さんもそれに続く。

何か話したほうがいいだろうか。

黙々と歩くのも気詰まりなので、ぼくは思いきって口を開く。

「あの……」

「そういえば……」

うわ、かぶった。

同時に話しはじめてしまったので、ぼくと石田さんは顔を見合わせ、苦笑いを浮かべる。

「あ、すみません」

「いえいえ、そっちからどうぞ」

なんなんだよ、このやりとりは。

石田さんから会話の主導権を譲られ、ぼくはぎこちなく言葉を続ける。

「えっと、おふたりが出会ったきっかけの話、聞きました。電車で女の子を助けるとか、かっこいいなと思って」

「いやいや、あれはそんなたいそうなことをしたわけじゃないから。ただ、彼女が本当に泣きそうな顔をしていたからね。気づいてしまったら、見て見ないふりはできなくて」

自分がそういう状況になったとして、女の子を助けに入れるかというと微妙だ。助けたい気持ちはあるが、下手に騒ぐと相手を恥ずかしい目にあわせる可能性もあるし、余計なお世話かもしれないというか、どういうふうに助けたらいいのかもわからないし、最悪、逆恨みされたり、こっちが犯罪者扱いされるかもしれないとか考えてしまって、何もできないかもしれない。だから、実際に行動を起こした石田さんのことは素直に尊敬する。

大きな観覧車の前で、ぼくたちは立ちどまる。

「はい、ではでは、ペアになって、観覧車に乗るよ」

かすみさんはそう言うと、結城さんに意味ありげに目配せをして「頑張ってね」と耳打ちしてから、石田さんのほうへと小走りで駆け寄っていった。

先のふたりに続いて、ぼくと結城さんも観覧車のゴンドラに乗りこむ。

向かい合って座って、結城さんは窓から外をながめている。

「どう思う？　あの男」

「普通に、いい人そうだと思うが」

ぼくの答えに対して、沈黙が返ってくる。

観覧車はゆっくりと動き、高度があがっていく。こういう乗り物というのは、風景を見て楽しむものなのだろうか。いまいち、面白さがわからない。

「きみ、ジェットコースターとかって強い？」

「うん、まあ」

「実はあたし、だめなの」

「え？」

「あんなの好きこのんで乗りたがる人の気が知れない」

結城さんは青ざめた顔で言う。

「あきらかに危ないじゃない。安全性なんて信じられないし。実際、事故で死人が出たりしているんだよ。整備不良とか万一の場合とか考えずに楽しめる人間って、危機回避能力が低すぎるよね。なんで、お金を払ってまで危険な目にあわなきゃいけないの。馬鹿みたい」

「なら、なんで、わざわざ遊園地に……」

「だって、かすみちゃんが来たいって言ったから」

よく見ると、結城さんは指先が白くなるほど強く手すりを握りしめていた。

本気で、怖がっているみたいだ。

「確率で考えると、ジェットコースターより、車やバイクのほうが事故のリスクは高いけれどな」

気休めになるかどうかわからないが、そんなことを口にしてみる。

「あっ……」

外をながめていた結城さんが小さく悲鳴をあげた。険しい顔になると、うつむいて、くちびるを噛《か》む。

結城さんが見ていたものに、ぼくも気づく。

となりのゴンドラ。そこに乗ったふたりは、おなじベンチに並んで座っている。そして、顔を寄せ、キスをしていた。

Chapter 12

信じらんない……。

この状況で、こういうことする？　普通。

あの男、最低だ。

「ジェットコースターで事故が起きたり、飛行機が落ちたりする確率よりも、自動車に乗っていて事故にあう確率のほうが高いことくらい知っているわよ。でも、そういう問題じゃないの！」

八つ当たりのように、あたしは笹川くんに対して怒鳴る。

「もしかして、結城さんは高いところがものすごく苦手なのか？」

彼は言わずもがなのことを口にした。

「もし、この高さから落ちたら無事ではいられないでしょう。想像力ってものがないわけ？　恐怖っていうのは身を守るための正常な反応なんだよ。だから、それを感じないのは想像力の欠如で……」

鼻の奥がつんと痛くなった。

意に反して、目から熱いしずくがこぼれおちる。

そうか、あたし、かすみちゃんのこと、こんなに好きなんだ。

ほかの人とキスしているのを見て、泣いちゃうくらい……。

「えっ？　えええええ？　あ、あの、結城さん……？」

笹川くんは動揺した様子で、立ちあがろうとして、腰を浮かす。

その拍子に、がたんっとゴンドラが揺れた。

「ぎゃーっ、なにやってんのよ！」

あたしが叫ぶのと同時に、バランスを失った笹川くんがこちらにかぶさってくる。

「ごっ、ごめん」

笹川くんはあわてて離れようとしたけれど、あたしはその体にしがみつく。

「動かないで！」

「いや、でも……」

「急に動いたら、また揺れるでしょう。待って！　ちょっと待ちなさい」

言いながら、彼の体を押さえこむようにぎゅっと抱きしめる。

でも、違う。柔らかくない。女の子とは違う抱き心地。こんなんじゃない。

あたしが抱きしめたいのは、かすみちゃんなのに……。

ぼろぼろと涙が落ちて、止まらない。

「ゆっ、結城さん？」

笹川くんが驚いたような声を出す。

「笑いたければ笑えばいいでしょ！　ああ、もう、最悪！　みっともないって自分でもわかってるわよ！」

「いや、ここは笑うところじゃないだろ、どう考えても。……大丈夫か？」

耳の近くで、彼の声が聞こえる。

低い声。

意外なほど落ち着いた声だ。

男の子、なんだよな。

背だって低いし、痩《や》せていて、筋肉も全然ないように見えるけれど。

でも、やっぱり、女の子とは違う。

「今、かなり下のほうまで降りてきている。あと、もう少しだから」

安心させるような口調でそう言われ、あたしは冷静さを取り戻す。

「マジで？　やばい」

あわてて彼から手を離すと、指先で涙をぬぐった。

そして、マスカラがついていないか確認する。うん、落ちてない。

「ゆっくりと自分の場所に戻って。少しでも揺らしたら殺す」

笹川くんは中腰の姿勢で、そろそろと向かいの座席に移動する。

彼の言ったとおり、ゴンドラはもうすぐ降り口に着きそうだ。

あたしは急いで鏡を取り出す。まぶたと鼻先が赤くなっちゃっているけれど、そんなにひどい顔じゃない。ラインを引いていたら絶対にパンダ目になっていただろうから、マスカラだけにしておいてよかった。

ハンカチで軽く押さえた後、透明マスカラを手早くつける。

「見ないでくれる？」

視線を感じたので、そう言うと、笹川くんは気まずそうに目をそらした。

「あ、ごめん。……結城さんも化粧とかしているんだな。必要ないと思うのだが」

「普段はしない。でも、今日はデートだから」

「はあ、そういうものか」

「あたしだって、肌の手入れをしたり、眉《まゆ》を抜いて整えたり、無駄毛の処理をしているんだよ。きみ、女子はみんな、何もしなくてもつるつるだとでも思っているわけ？」

「いや、そんな話はしていない」

「きみの好きな森さんだって、お風呂《ふろ》とかでこうやって脇をそったりしているから」

「おっ、おまえ！　なんてことを！」

「はい？　今、きみ、あたしのこと、おまえって言った？」

「あのな、森さんのことを話題にするの、やめろよ。そういうことを言うな」

「きみの未練を断ち切るために、幻想を打ち砕いてあげようと思って。親切のつもりなんだけれど」

そんなやりとりをしているうちに、ゴンドラは降り口に着いて、スタッフがドアを開けた。

「楽しかったねー。観覧車って大好き」

先に降りて待っていたかすみちゃんが、にこにこと顔いっぱいに笑みを浮かべて、話しかけてくる。

「今日はいい天気だから、あっちの山のほうまで見えて、すごく綺麗《きれい》だったよ」

観覧車なんて何が楽しいのかさっぱりだが、かすみちゃんが満足したのならそれでいい。

「うん、楽しかったね。かすみちゃん、次はどれ行く？」

「どうしよう。男性陣、リクエストはありますか？」

「女性陣の好きなところでいいよ」

石田さんはそう答えてから、いちおう確認を取るように笹川くんのほうにも返事をうながした。

「はい、ぼくもどこでも」

「うーん、それじゃあね、次はホラーハウス！」

声を弾ませて、かすみちゃんは歩き出す。

当然のように、そのとなりに石田さんが並ぶ。ふたりは手をつないだ。手のひらを合わせて指をからめる恋人つなぎだ。

嫌な男。

第一印象からして、好感は持てなかった。

好きな人がつきあっている相手なのだから、偏見というか、先入観があるのだとは自覚している。それでも、虫の好かない男だ。

にやけた顔で、妙に余裕に満ちた態度で、気に食わない。

あたしには癇《かん》に障るそういう部分が、たぶん、かすみちゃんにとっては優しくて大人っぽくて素敵という評価になっているのだろうが。

あたしのとなりには、笹川くんが並ぶ。手をつないだりはしない。

しばらく歩くと、ホラーハウスの看板が見えてきた。おどろおどろしい文字の書かれた看板では、包帯を巻いた血まみれのゾンビが両手にメスを持ち、廃墟《はいきょ》となった病院に足を踏み入れた者たちに襲いかかっている。

「結城さん、ホラーハウスは大丈夫なのか？」

気づかうように、笹川くんが小声でこちらに聞いてくる。

「ああいうのは人間が演じているアトラクションなのだから、実際に危険なことなんてないでしょう。きみ、怖いの？」

「まさか。いや、結城さんが平気ならいいんだが」

人気アトラクションだけあって、入り口の前に少し行列ができていた。

石田さんが立ちどまり、こちらを振り返る。

「待ち時間二十分というところだね。トイレ休憩にしようか。並んでいるから、先に行っておいで」

いちいち、気配りのできる嫌味な男だ。

あたしとかすみちゃんは、トイレへと向かう。

「ダブルデート、楽しいね」

手洗い場の鏡で前髪をチェックしながら、かすみちゃんが言った。

「ついに、あおいちゃんの好きな人を見ることができて嬉《うれ》しい。ふたり、絶対にお似合いだと思う！」

「そう？」

あたしが笹川くんに片想いをしているという話を、かすみちゃんは何の疑いもなく信じているようだ。

「うん！　彼もあおいちゃんのこと、どんどん好きになっていると思うな。見ていればわかるよ」

「えー？　そんなことは……」

どこからどう見ても、笹川くんが好きなのは森さんだ。

あいにく、かすみちゃんは洞察力があるほうではない。

あまりに簡単にだまされてくれるので、罪悪感でちくちくと胸が痛む。

「ううん、絶対だよ！　絶対に、彼もあおいちゃんのこと、好きだって」

「そうかなあ……」

「だって、あおいちゃんってものすごく可愛いもん。あおいちゃんのことを好きにならない男の子なんていないよ！」

かすみちゃんはこちらを向くと、まっすぐにあたしを見つめながら、断言した。その目に迷いはない。本気でそう思っているのだろう。

かすみちゃんは決して嘘をつかない。

人の悪口を言ったりしないし、裏表がなくて、自分の信じるままに行動する。女子グループにおいては、表面的には仲良くしておきながら、内心では嫉妬《しっと》をしていたり、その子のいないところでは容姿や性格をけなしているなんてこともめずらしくないが、で、大好きだ。

かすみちゃんはどんなときでも陰口を叩《たた》いたりしない。そういうところ、本当に立派

「あおいちゃんが笹川くんとうまくいくように、応援するからね！　さっきの観覧車もね、一緒に乗ると恋がうまくいくって伝説があるんだよ。だから、初めに、ふたりで乗ってもらいたかったんだ」

こういうジンクスみたいなのを信じちゃっているのも、かすみちゃんの可愛いところだ。

自分とはまったく違う性格で、だからこそ惹《ひ》かれる。

「あおいちゃんが好きになった人だけあって、笹川くんってすごく優しそうな男の子だよね。ああいう男の子こそ、本当に恋人を幸せにしてくれるタイプだよ。あおいちゃん、いい人を好きになったね」

実際には笹川くんに片想いをしているわけではないが、それでも、こういうふうに評価されるとまんざらでもない気分だ。

かすみちゃんを前にすると、自分の性格の悪さが恥ずかしくなってくる。

彼氏の石田さんにしても、何をしたというわけでもないのに、かすみちゃんとつきあっているというだけで、一方的に敵視をして、難癖をつけていたが、それは良くない態度だったかもしれない。

「石田さんも、いい人じゃん」

なんとか、そんな言葉を絞り出す。

「さっきも、さりげなくトイレのこと言ってくれて、そういうのって女子からは口に出しにくいし、さすが年上の彼氏は違うなって思ったよ」

彼氏を褒められて、かすみちゃんはじつに嬉しそうに笑った。

「えへへ。あおいちゃんも、石田さんのこと気に入ってくれてよかった。誰よりも先に、あおいちゃんに紹介したかったんだ」

かすみちゃんは、石田さんのことが好きだ。

そして、あたしのことも親友として大事に思ってくれている。

もし、あたしが彼を嫌ったら、かすみちゃんは自分の好きな人を親友に認めてもらえないということになり、悲しい思いをするだろう。

だから、あたしはなるべく、石田さんのことを肯定的に見るようにしなければ。

「ホラーハウスも、チャンスだからね」

いたずらっぽい笑みを浮かべて、かすみちゃんは言った。

「強がっちゃだめだよ？　あおいちゃんはさ、しっかり者で、まわりに迷惑をかけたくないとか思って、我慢しちゃうところがあるじゃない？　でも、たまには弱いところも見せたほうがいいからね。きゃあっとか、可愛く悲鳴をあげて、さりげなく手をつないでもらうの。いい？」

かすみちゃんのアドバイスに「うん、やってみる」と返事をして、あたしたちはトイレをあとにした。

入れ替わりで、石田さんと笹川くんが列を離れる。

男子トイレの表示は見えにくい場所にあったらしく、笹川くんは場所がわからなくて、おたおたしていた。

そんな間の抜けた様子の笹川くんとは対照的に、石田さんは迷いのない足どりで目的地へと向かっていく。笹川くんもあたふたとそれに続く。

どちらが彼氏として頼りがいがありそうかは、一目瞭然《いちもくりょうぜん》だ。

かすみちゃんが好きになった相手なんだから、悪い人であるはずがない。

そう思いたいのに。

そう思おうとするのに。

なぜか、あたしはどうしても、嫌な感じをぬぐいきれなかった。

Chapter 13

暗闇の中、結城さんがぼくの腕にしがみついてくる。

「きゃあ、こわーい」

嘘っぽい声だ。

「……演技だろ？」

確認するように小声でたずねると、結城さんはくすっと笑った。

「かすみちゃんからこうするようにアドバイスもらったから。可愛げのあるところをアピールしてみたの。ときめいた？」

「いや、まったく」

ああ、わかっていたさ、演技だと。

それでも、この暗闇で、これほどまでに密着されると、さすがに……。

どうでもいいが、女子ってなんで、甘い匂いがするのだろうか。

こんなに近いと、意識せざるを得ない。

この匂いは反則だと思う。

かすみさんと石田さんは先に出発して、少し遅れてぼくたちもホラーハウスへと足を踏み入れた。

子供の頃なら無邪気に楽しめたかもしれないが、さすがにこの年になると、作り物だということもわかっているし、特に恐怖は感じない。

ゾンビとかいっても、従業員だし。

余裕だ、余裕。

そう思っていたのだが、いきなり物陰からゾンビがおどりかかってきたので、思わず「ひいっ！」と悲鳴をあげてしまった。

「今、本気でびびってたでしょ？」

意地の悪い口調で、結城さんがぼくをからかう。

「ちょっと驚いただけだ。べつに、びびったわけじゃない」

「ふうん、どうだか」

さっきまでの演技はどこへやら、結城さんは可愛らしさのかけらもない声で言った。

「で、この手はどうしたらいいんだ？」

ぼくは結城さんにつかまれたままの右手を軽く動かす。

こんなふうにしがみつかれていては、歩きにくいことこの上ない。

「つないでおいてあげるよ。きみ、怖がっているみたいだし」

「いや、だから、怖くないと言っている。人の話を聞けよ」

手のひらに、結城さんの指が触れる。

あー、どうしたものか。

少しためらった後、ぼくはその細い指をそっとつかんだ。

ひんやりとした四本の指が、すっぽりとぼくの手におさまる。

たぶん、この対応で間違っていないと思うのだが。

ちらりと結城さんの顔をうかがうが、特に表情は読めない。

そのタイミングで、またしてもゾンビが！

ふたり同時に悲鳴をあげ、逃げるようにして、通路を進んでいく。

薄暗い通路には、血のしみのようなものが点々と落ちていて、すすり泣きや断末魔の叫び声のような不気味な音がどこからともなく響いたり、ところどころで冷気を感じたり、逆に生暖かい風が漂っていたりと、細かいところまで作りこまれている。

正直、想像していたよりスリル満点だ。

手を握ったまま歩いていると、結城さんがふと立ちどまった。

「曲がり角とか、やばいよね」

「ああ、絶対に出るな」

いかにも出そうな雰囲気の曲がり角を前に、ぼくたちは一瞬、顔を見合わせたが、そのまま歩みを進める。

予想どおり、そこにもゾンビがいて、うめき声をあげながら、追いかけてきた。

「結構、楽しいかも」

ようやくゾンビを振りきったところで、結城さんが言った。

「よくできているよな」

ぼくも同意する。

「なんか、こう、どこか懐かしいというか、べつに今は怖くないが、子供のときに心霊番組を観たり、肝試しをしたときの心細さみたいなのがよみがえる感じで」

「うん、わかるわかる。童心に返るよね」

そう言いながら、結城さんはつないだ手にきゅっと力を込めた。

可愛い、と思ってしまう。

今のは演技じゃないんだよな。

わざわざ可愛さをアピールなんかしなくても、そもそも結城さんは普段から十二分に可愛い。

だから、ことさらに可愛いところなんて見せないでほしいものだ。

ぼくの理性的な部分が、いつか何かで読んだ吊り橋《つ　ばし》理論を思い出す。揺れる吊り橋など緊張する状況で生理的な興奮を感じた場合に、それを近くにいる異性への気持ちによるものと勘違いして、恋愛へと発展しやすいという実験結果があったとか。それを応用して、デートではホラー映画を観たり、ジェットコースターやお化け屋敷のある遊園地に行くと盛りあがると言われていたりもする。

そんなに簡単に恋に落ちてたまるものか。本で読んだときには、そう思った。

ドキドキを恋だと錯覚するだと？

そんな方法でうまくいくなら苦労しねえよ。

冷めた気持ちで、そう思っていたのだが……。

心拍数の上昇。

さっきから鼓動がおさまらない。

暗い場所で、女子と接触して、ゾンビに驚かされて、これで平静でいろというほうが無理な話だ。

「ぎゃーっ、また出た！」

あまり可愛らしくはないが楽しそうな悲鳴をあげて、結城さんはぼくの手をぎゅっとつかむ。

ゾンビはわざとらしく大きな足音を立てて、背後から追いかけてくる。ぼくたちはしっかりと手を握って、暗闇を走り抜ける。

手にじっとりと汗をかいてきた。気持ち悪いと思われていないだろうか。でも、こちらから手を離すわけにもいかないし。

「あれって人形だよね？　うわ、リアル」

「うおおっ、動いた！」

わいわい言いながら、ぼくたちは作り物の恐怖を楽しむ。

最後には大勢のゾンビに取り囲まれながらも、なんとか脱出して、無事に出口を抜けることができた。

太陽の光がまぶしい。

急に明るい場所に出たので、まだ目が慣れていなくて、くらくらする。

久々に大声を出したせいか、安堵《あんど》感《かん》からか、屋外に出た途端、どっと疲れを感じた。

非日常の刺激によって、脳内に麻薬みたいなものが放出されたようで、じんじんとしびれるような心地よさがある。

この感覚を味わいたくて、人はわざわざスリルを求めるのかもしれない。

かすみさんの姿を見つけると、結城さんはぼくの手をぱっと離して、そちらへと駆け寄っていった。

「かすみちゃーん、怖かったよう」

「よしよし、よく頑張ったね」

かすみさんはにこにこと笑いながら、結城さんの頭をなでる。

「あおいちゃんの声、外まで響いてたよ」

「え、ほんとに？」

「うん、ぎゃーって言っているの、あおいちゃんだってわかったもん」

「わあ、恥ずかしい」

「いいじゃん、それだけ楽しんだってことなんだから」

「かすみちゃんたちは？　かすみちゃんの声は聞こえなかったけれど。あんまり怖くなかった？」

「ううん、叫びまくりだったよ。中にいたから、聞こえなかったのかな。叫びすぎて、喉《のど》かわいちゃった」

「そうだね、何か飲みたいね」

すると、石田さんが進み出た。

「買ってこようか。何がいい？」

「いいですよ、自分で行きます。あ、そうだ、あたし、クレープも食べよっと」

石田さんの親切な申し出をばっさりと断って、結城さんは歩き出す。

冷淡だと思われても仕方のない態度だ。

結城さんは、やはり、石田さんに好感を持っていないのだろう。

「ではでは、クレープ屋さんに向かいますか」

かすみさんがそう言って、石田さんを見あげた後、ぼくのほうにも笑いかけた。

感じのいい子だ。

客観的な判断では結城さんのほうが美人ではあるが、実際につきあうとしたら、かすみさんを選ぶ男のほうが多いんじゃないだろうかなどと考えてみる。

「こんなところにクレープ屋があったんだね」

少し奥まったところに、お菓子の家を思わせるようなメルヘンチックな小屋があって、バターの匂いが漂っていた。

「最近、ニューオープンしたみたいだよ。朝は並んでなかったけれど、今はちょっと混んじゃっているね」

「あたし、バナナチョコ生クリームにする。かすみちゃんは?」

「えー、どうしようかな。さっき、食べちゃったし。クレープって、カロリー高いもんね」

「いっぱい歩いたから、そんなの気にしなくても平気だって」

「だめだめ、我慢する」

首を横に振って、かすみさんはオレンジジュースだけを注文した。

その様子にふっと笑みをこぼして、石田さんがこちらを向く。

「笹川くんもクレープ食べるかい？」

「いえ、遠慮しておきます」

甘い物は嫌いではないが、すぐそばに我慢している女子がいては食べにくい。

ぼくと石田さんはホットコーヒーを片手に、近くのベンチへと移動した。

結城さんとかすみさんも、隣り合って座る。

「はい、かすみちゃん、一口どうぞ」

自分のクレープを結城さんが差し出す。

「ありがとう、あおいちゃん。おいしいね」

かすみさんはクレープを手に持って、嬉《うれ》しそうな笑顔を見せる。

それを見つめる結城さんの横顔。

とても愛おしげなまなざしを、結城さんはかすみさんへと向けていた。

こんな顔、初めて見た。

結城さんはこんなにも優しい目をするんだ。

なぜか、胸が締めつけられた。

痛いほど、切なく。

以前、結城さんから質問されたことを思い出す。

どうして、森さんを好きになったのか。

ようやく、ぼくは気づいた。

このまなざしだ。

好きな人を見つめるまなざし。

優しくて、あたたかくて、柔らかで、受容して、全肯定して、その人が自分の前に存在しているだけで、すべてが満たされるとでもいうような……。

森さんは龍樹のことを愛おしげに見つめていた。

ほかに何もいらない。

あなたがいてくれるだけでいい。

そんなメッセージを込めたまなざしで。

その横顔に、ぼくは心惹《こころひ》かれたんだ。

とても尊くて、崇高で、まぶしくて。

誰かのことを心から愛せる人。

相手を愛おしげに見つめる横顔。

そこに惚《ほ》れてしまうなんて、どうしようもなく絶望的な精神構造だ。

好きになる人にはほかに意中の相手がいるのだから、デフォルトで片想いが決定づけられている。

自分が森さんのどこに惹かれたのかを自覚したことで、ぼくは決定的な事実に気づいた。

森さんが龍樹のことを好きになったから。

だから、ぼくは森さんのことを好きになった。

龍樹が森さんとつきあうことがなければ、ぼくが彼女の魅力に気づいて、特別な存在として意識することも、心を動かすこともなかっただろう。

つまり、最初からぼくが森さんと恋人になるルートなんてなかったんだ、絶対に。

そして、今、ぼくは……。

胃がねじれるようで、吐きそうなほどつらい。

この感覚、おなじだ。

森さんに対するのとおなじ種類の胸の痛みを、結城さんの横顔にも感じていた。

ここはホラーハウスなんかじゃない。

もう、ドキドキはしていない。

脈拍も、心拍数も、正常だ。

ゆったりとベンチに座って、コーヒーを飲みながら、休憩している。

何も錯覚するようなことはない。

何かと勘違いしていると、言い訳できない。
嘘だろ……。
誰か、嘘だと言ってくれよ。
ぼくは、森さんのことが好きだったはずだ。
今でも、好きだと……。
それなのに、結城さんに対しても、こんな気持ちになるなんて……。

Chapter 14

彼は、嘘をついている。
クレープを食べ終わった瞬間、あたしはそう直感した。
新しくできたクレープ屋。
期間限定のマロンカスタード。
かすみちゃんは、朝からそれを食べていた。

石田さんがおいしいと教えてくれた、と嬉しそうに話しながら。

けれども、自己紹介をすませた後、石田さんはこう言ったのだ。

遊園地なんて何年ぶりだろう、と。

石田さんは久しぶりに遊園地に来たはずだ。

それなのに、どうして最近オープンしたばかりのクレープ屋のマロンカスタードがおいしいということを知っていたのか。

そうやって考えると、表示のわかりにくかった男子トイレに、石田さんが迷わずに行けたことも、引っかかってくる。

彼は最近、この遊園地に来たことがあるのではないだろうか。

おそらく、べつの誰かと一緒に。

そして、それを隠している。

嘘をついてまで、隠さなければならないような存在。

嫌な予感が、どんどん強くなっていく。

決めつけるのは、まだ早いかもしれない。

クレープのことだって、デートのために雑誌やネットで調べていたから知っていただけかもしれないし。

そんなふうに考えたりもするのだが、一度、浮かんだ疑惑は消せなかった。

少し休憩をした後、かすみちゃんはわくわくとした顔で言った。

「次は、どうする？　いよいよお待ちかねのコースターに行っちゃう？」

すると、笹川くんが横から口を挟んできた。

「あの、リクエスト、いいですか？」

「はい、どうぞ」

かすみちゃんはにこやかに、笹川くんのほうを見あげる。

「次、コーヒーカップに乗りたいなと思って」

笹川くんの視線の先では、赤やピンクやオレンジなどのカラフルなカップに乗った人たちが楽しげに笑っていた。

コーヒーカップ？

どうしたんだ、いきなり。

「いいですね！　私もコーヒーカップ大好き。うんうん、今なら空《す》いているみたいだし、行きましょう」

かすみちゃんは声を弾ませ、乗り気で歩き出した。

「なんで、コーヒーカップなの？」

歩きながら、小声で笹川くんに問う。

「そこにあって、目についたから」

なにそれ、答えになってない。

笹川くんは目をそらすようにして、無言で歩みを進める。

彼の考えていることがさっぱり読めない。

カップの形をした遊具に、あたしと笹川くん、かすみちゃんと石田さんの組になって乗りこむ。

どこかノスタルジックな音楽が鳴って、ゆっくりとカップが回転を始める。

「あおいちゃーん、こっちこっち。はい、ポーズ」

黄色いカップに座ったかすみちゃんが携帯電話を向けて、手を振る。笹川くんとのツーショットを撮ってくれているのだろう。

「かすみちゃんも、こっち向いて」

あたしも携帯電話を取り出すと、かすみちゃんの写真を撮った。ズームさせて、かすみちゃんだけをアップで。

それから、あたしは肉眼で石田さんを観察する。

石田さんは穏やかな笑みを浮かべて、かすみちゃんのことを見つめていた。

その人畜無害そうな顔の向こうに、何を隠しているのか。

おかしいと思ったのだ。

つきあって間もない恋人同士のわりには、彼氏の態度が落ち着きすぎている。余裕ぶったところも、気配り上手なところも、道理で好きになれなかったはずだ。

こういうのを女慣れしている、というのだろう。

ああ、どうしよう、どうしよう、どうしたらいいのか。

「結城さん、三半規管は強いほう？」

向かいに座った笹川くんが、視線をはずしたままで言った。

「酔いやすいかってこと？　コーヒーカップごときで酔ったりするわけないでしょう」

観覧車で高いところが苦手だとばれてしまってから、笹川くんは妙にこちらを気づかってくる。

「結城さんが平気なら、これから、カップを全力でまわしたいのだが」

「はい？　なんで？」

「このあと、かすみさんはジェットコースターに行く気満々みたいだろ。だから、今、コーヒーカップで無茶して、気持ち悪くなったことにすれば、次のコースターに乗らない理由になるっていうか、その間、結城さんは休んでおけばいいかと思って」

なるほど。

それは悪くないアイディアだ。

「わかった。好きなだけ、まわして」

「ああ。やばそうだったら、ストップかけてくれ」

そう言うと、笹川くんは両手でハンドルを握って、回転を加速させる。

途端に、遠心力が増した。

牧歌的な雰囲気に反して、あなどれないスピード感だ。

放り出されないように、あたしはカップの縁を持つ手に力を込める。

「あはは、すごい！　あおいちゃんたち、まわしすぎだよ！」

笑っているかすみちゃんの姿が、視界の端に見え隠れする。

まわる、まわる、世界がまわる。

めまいも遊びのひとつだと分類した哲学者はロジェ・カイヨワだっけ。

一時的に知覚の安定を破壊し、明晰《めいせき》であるはずの意識をパニック状態におとしいれる。

確か、そんな一節があったはずだ。

遊園地が多くの人に支持される理由も、そこにあるのかもしれない。

人間はわざとめまいを起こすことで、それを楽しむ。

子供は意味もなくその場でくるくると回転して目をまわす遊びをするし、大人は酒を飲んで酔っぱらって、世界が揺れる感覚を味わう。

明晰な意識なんか、いらない。

そんなものがあるせいで、気づかなくてもいいことに気づいてしまう。

考えないほうがいい。暴かないほうがいい。突きとめないほうがいい、きっと。嘘の裏側にあるものは、たぶん、かすみちゃんにとって良くない真実だ。

けれども、気づいてしまったら、知らないふりなんてできるわけがない。

ぐるぐるまわる。ぐるぐるぐる。

どうしよう、どうしよう、何が正解？　どうすればいい？　考えたって、答えは出ない。

やがてカップの回転はゆるやかになり、メロディが終わるのと同時に、動きも停止した。

「歩けそうか？」

先に降りた笹川くんが、あたしに手を差し出す。

一歩踏み出したところで、足もとがふらついて、思わず彼にしがみつく格好になった。

演技ではなく、本当にくらくらするかも。

「あおいちゃんっ、大丈夫？」

かすみちゃんがあわてて駆け寄ってくる。

近くのベンチに座ると、あたしは大きく深呼吸した。

「うん、ちょっと休んだら、良くなると思う。あたしのことは気にしないで、みんなでジェットコースター、乗ってきて」

「そんなわけにはいかないよ！　冷たいものを飲んだら、すっきりするかな。お水でいい？」

かすみちゃんは駆け出すと、ペットボトルの水を手に持ち、心配そうな顔をして、小走りで戻って来た。

ああ、そうだった。かすみちゃんは、こういう子なのだ。体調の悪い人を置いて、自分だけ遊んだりできるわけがない。

笹川くんの小細工は、そこのところをまったく考慮に入れてなかった。

「大丈夫かい？　目を閉じて、楽な姿勢をとると、少しはましになるんじゃないかな」

優しげな口調で石田さんに話しかけられ、吐き気が増す。

そんな親切ごかしな態度にだまされるものか。

渡された水を少し飲むと、あたしは下を向いて、もう一度、言った。

「あたしはここで休んでいるから、気にせず、遊んで。せっかく来たのに、かすみちゃんが楽しみにしているジェットコースターに乗れなかったら嫌だもの」

「いいって、そんなの。こういうときには余計なこと考えないで、甘えていいんだよ」

その思いやりに満ちた言葉が胸にしみて、泣きそうになる。

ああ、かすみちゃん、大好きだ。

そこに、笹川くんの声が聞こえた。

「本当に、おふたりは乗ってきてください。ここで待っていられると、結城さんもかえって気を使っちゃうと思うし」

「でも……」

そう言いかけたかすみちゃんを、笹川くんは強引にさえぎる。

「結城さんには、ぼくがついているので」

うつむいているから顔は見えないけれども、かすみちゃんの心の中が手に取るようにわかった。あ、これって、ふたりが仲良くなるチャンスだよ、お邪魔虫は退散しなくちゃ。そんな感じのことをかすみちゃんは考えたにちがいない。

「そうですね。それじゃ、お言葉に甘えて、石田さんとコースターにだけ乗ってきちゃいます。あおいちゃん、気分が良くなるまで、ゆっくり休んでいてね」

あたしは顔をあげると、力なく手を振って、かすみちゃんたちを見送る。

ふたりの姿が見えなくなると、笹川くんが言った。

「もしかして、本気で気持ち悪いのか？」

「うーん、半々くらい」

「すまない」

「きみが謝ることじゃないって。作戦どおりなんだから」

ジェットコースターでレールの頂上まで運ばれて急降下することを思えば、これくらいどうということはない。

「座れば？」

ベンチを片手で軽く叩《たた》きながら、あたしは笹川くんに言う。

「え、ああ、うん」

気の抜けたような声で、彼は答えた。目が泳いでいて、どことなくうわの空だが、彼が挙動不審っぽいのはいつものことでもある。

となりに座った彼のことをちらりと見てから、あたしはまたうつむいて、目を閉じた。

当初の作戦では、みんなが遊んでいる間、ひとりで待っているつもりだったけれど、今、となりには笹川くんがいる。

頭の中だけで悩んでいるより、話すことでいい考えが浮かぶかもしれない。

「酔っぱらいって馬鹿みたいだと思っていたけれど、アルコールによる酩酊《めいてい》を求める気分がわかったかもしれない」

「なんだ、それは」

「意識をなくして、何も考えたくないときもあるってこと」

「どうしたんだ？」

言いづらいこと。ほかの相手では口には出せないようなことでも、彼に対してはなぜか抵抗感が少ない。

彼がいてくれてよかった。

そう思いながら、あたしは渦巻いている気持ちを吐き出すことにした。

Chapter 15

ぼくの初恋の相手は、アニメのキャラクターだった。

本気で、そのキャラのことを好きになって、画面を見ているだけで胸が締めつけられて、呼吸をするのも苦しくて、気がついたら妄想を繰り広げていて、自分で自分の心が制御できなくて、グッズを集めまくって、幸せなんだかつらいんだかわからなくて、無性に泣きたい気持ちになって、そんな自分を馬鹿みたいだと思った。

だから、森さんのことを好きになったとき、驚いた。

ああ、おなじだ、と。

アニメのキャラに思い入れるのとおなじくらい、現実にいる女子を好きになることができるのか、と。

そして、今、また、愕然《がくぜん》とする。

ああ、おなじだ、と。

結城さんに対しても、おなじ現象が起きてしまっている。

……最悪だ。

こんなの、浮気じゃないか。

もし、ぼくが森さんとつきあっていたとしたら、どうするんだ。

自己嫌悪で、吐きそうになる。

最低最悪なやつだ、ぼくは。

「きみ、浮気とかって、どう思う？」

唐突な結城さんの言葉に、ぼくは心臓を鷲《わし》づかみにされた気分だった。

「なんだ？　いきなり」

結城さんはまだ少し青ざめた顔をして、ぼんやりと遠くを見つめている。

「浮気って、男の本能なわけ？　浮気しない男はいないの？」

「そりゃ、まあ、いるだろ、たぶん」

「うーん、決定的にモテない男だと浮気のしようがないか。逆に言えば、男って、機会さえあれば、つきあっている相手がいても、ほかの女の子とやりたいってことだよね。それって遺伝子に組みこまれた繁殖のためのプログラムだから仕方ないことなわけ？」

「なんなんだ、その話題は。論旨が見えないのだが」

「あたし、浮気とか二股《ふたまた》とかする男って死ねばいいと思うんだよね」

吐き捨てるようなつぶやきが、胸に突き刺さる。

後ろめたくて、顔を合わせられない。

「つきあっている相手がいるのに、本当は裏切っているとか、最低だと思わない？」

「まあ、そうだな」

そう、口では何とでも言える。

「……でもさ、うちの母親は、全然、平気みたい」

平坦《へいたん》な口調で言って、結城さんはペットボトルの水を一口飲む。

「父親が若い女に手を出しても、浮気はいいわよ、本気じゃなければ、とか言っちゃって。自分の夫が浮気してもそれが遊びだったら許すなんて、そんなの結局は愛してないってことじゃない？」

よくある話だ。

親の浮気なんて、どこにでも転がっていること。

「そんなもんじゃないのか。結婚して何年もしたら、愛とかも冷めるものだろ。うちも、父親、たぶん、浮気しているし」

今まで誰にも、龍樹にさえも話していない身内の恥が、さらっと口から出た。

「笹川くんのところも？」

結城さんがこちらを向く気配を感じたが、そちらを見ないようにして、ぼくは言葉を続ける。

「うちの場合は、逆に、母親が束縛の強いタイプで、父親の行動を監視したり、すごく責めるんだけれど、それって愛とかの問題じゃなく、プライドっつうか、自分が負けたくないから意地になっているだけみたいな感じだし」

母親の姿を見ていて、子供ながらに思った。

こんな女はうんざりするよな。こんな女を愛し続けられるわけがない。

それでも、父親が浮気をしたことが、そもそもの元凶であることにはちがいない。

この世で、もっとも軽蔑《けいべつ》している男。

その血を、ぼくは受け継いでいる。

やばい。本気で死にたくなってきた。

「でも、いろんな家があるからな」

軽く目を閉じて、ぼくは龍樹の家で過ごした時間を思い浮かべる。

「友達んところの両親が、すっごく仲良くてさ。遊びに行ったり、話とか聞いてると、いまだにラブラブみたいで。だから、うちの親は不仲だったけれど、そうじゃないパターンもあるとは思う」

おじさんとおばさんは、並んでソファに座って、龍樹とぼくを見守るようにながめている。そして、ときどき、ふたりで「あの子たち、仲良く遊んでいるわね」「ああ、楽しそうでよかったな」なんて会話をするように、仲睦《なかむつ》まじげに視線を交わすのだ。

言葉はなくても、目と目で通じ合う関係。

その一瞬を目撃すると、ぼくはわけもなく、どぎまぎしたものだった。

この世界には、幸せな家庭も存在している。

ぼくには、それを外から見ていることしかできないが。

「いいなあ、それ。あたしはそういうの、知らないや。幸せな家庭の話なんて、聞いたことがない」

そう言いきった結城さんのことを、衝動的に抱きしめたくなる。

だから、落ち着けよ、自分。

正気を取り戻せ！

ぼくは自分の腕をもう一方の手で、強く押さえる。

「でも、幸せそうに見える家族も、実際のところはどうだかわからないものでしょ。

うちだって、外から見れば誰もがうらやむ完璧《かんぺき》に恵まれた家庭だろうし」

ジェットコースターが滑り落ちていく音。

人々の楽しそうな歓声が響く。

遊園地の喧噪《けんそう》が、やけに遠い。

「よくあることだとはいえ、子供にとっちゃ、きついよな」

できるだけ、何でもないような口調で、ぼくは言った。

こんなに明るい場所にいるのに、ぼくたちはどんどん深い底に落ちていく。

やっぱり、結城さんのことを抱きしめたいと思ってしまう。性的な意味でなく。

結城さんと親しいバレー部の女子がたまに教室でやっているような感じで、気軽にその背中に腕をまわして、なぐさめる言葉の代わりに、そっと抱きしめることができたらいいのに。

「自分の親のことがあるから、過剰に反応してしまうのかもしれないけれど、あたし、本当に、許せないんだよね」

結城さんの声が、暗く沈む。

「あの男、たぶん、ほかに女がいる」

一瞬、誰のことかと思ったが、結城さんがこんなにも憎々しげな感情を込める相手は、ひとりだろう。

「あの男って、石田さんか？」

突然の展開に、ついていけない。

どこからそんな話になったんだ？

「なんで、そう思うんだ？　女の勘ってやつか？」

「見ればわかる。あの男がかすみちゃんに向けるまなざしって、一途《いちず》に愛しているって感じがしないもの」

ぼくが見たところではそんな印象は受けなかったが、結城さんが言うのならそうなのかもしれない。

「どうしよう。まず、確実な証拠をつかむべき？　メールとか電話の履歴とか。でも、見られてまずいものがあるなら、ロックかかっているか。というか、そもそも、ロックかかっている時点で決定だよね」

他人の携帯電話を盗み見るとかとんでもないことを言っているのに、幻滅する気持ちがまったく起きないのだから、困ったものだ。

「パスコードを入れたタインミングで、きみ、なんとかして、あの男の気をそらしてよ。そのすきに、調べるから」

当然のように犯罪の片棒をかつがせる気か、この女は。

綺麗《きれい》なのは外見だけで、腹の中は真っ黒だな。知れば知るほど、その本性にあきれるというか、好みのタイプからはほど遠い。なのに、なんで、こんなふうに胸が痛くなってしまうのか。

「それで、証拠をつかんで、どうするんだ？　石田さんに突きつけるのか？　そんなことをしても、余計なもめごとを起こすだけだと思うが」

「なら、かすみちゃんがだまされているのを黙って見ていろって言うわけ？　そんなこと、できるわけ……」

言いかけて、口をつぐむ。

向こうから、話題の張本人が歩いてきたのだ。

「あおいちゃん、具合、良くなった？」

小走りで近づいてきたかすみさんの後ろで、石田さんは穏やかな笑みを浮かべて、こちらを見ている。

結城さんの疑いを知った今となっては、その温厚そうな表情の裏側に何か隠しているのだろうかと探ってしまう。

「もう全然平気。気分良くなったら、おなかすいてきちゃったな。かすみちゃんは？」

「そうだね。そろそろ、お昼にしようか」

結城さんとかすみさんは、連れだって歩き出す。

そうなると、ぼくと石田さんが並んで歩くはめになるわけで……。

再度、横目で観察する。

別段チャラくもなければ、遊び人ふうでもなくて、二股なんて絶対に無理そうなタイプに見えるのだが、こういう人が怪しいのだろうか。

いや、まだ、決まったわけじゃないし。

結城さんの思い過ごしであればいいが。

「彼女、本当にもう大丈夫なのかな?」

前を歩いているふたりを見ながら、石田さんが言う。

「あ、はい、たぶん」

「そう。無理していないといいんだけれど」

気づかうような口調に、嘘っぽさは感じられない。

悪い人だとは、思えないんだよな……。

そんなことを考えながら、結城さんたちに続いて、カフェテリアに入った。

カウンターで、ぼったくりすぎだろうと思う値段のカレーを注文して、レジへと進んでいく。

それにしても、結城さんは本気で石田さんの携帯電話を調べるつもりだろうか。いかに結城さんの頼みといえど、そんな手伝いはできないので、なんと言われても、ここは断固としてきっぱり拒否せねば……などと考えていたところ、レジで精算をしていた石田さんにぶつかってしまった。

石田さんの手から財布が落ちて、小銭が散らばる。

「あっ、すみません！」

あわてて謝ると、ぼくもしゃがんで、拾おうとする。

伸ばした手をすり抜け、まるいものがころころと転がっていく。そして、結城さんのつま先に、こつんっとあたって倒れる。

それは、小銭じゃなく、銀色の輪っかだった。

Chapter 16

やばい、隠さなきゃ。

それを見た瞬間、なぜか、あたしの脳裏に浮かんだのは、そんな言葉だった。

考えるより先に、手を伸ばして、リングを拾いあげ、こぶしの中に隠す。

そして、かすみちゃんのほうをうかがう。かすみちゃんはこちらに背中を向けて、小銭を拾うのを手伝っていた。

よかった、気づいていない。

……って、なんで、あたしがほっとしなきゃいけないわけ？

違う。

こんな反応は、おかしい。

そもそも、あたしは石田さんがかすみちゃんをだましているのは許せないと思っていて、このリングは決定的な証拠で、だから、いい機会だったのに……。

なのに、あたしは自分から、それをかすみちゃんの目に触れないよう、反射的に隠してしまった。

手のひらには、冷たくて硬い感触。

小さなリングが、妙に重く感じる。

今、ここで、石田さんに「これは何ですか？」と問いつめて、すべてを暴露させてしまえばいい。

どうして、あたしが彼の罪を隠蔽《いんぺい》する手伝いをしなきゃいけないのか。

そう思うのに、あたしは何も言えずにいる。

石田さんの財布から落ちたリング。

シンプルなデザイン。たぶん、プラチナだろう。そして、おそらくは、結婚指輪だ。

最初から、違和感があったのだ。石田さんは落ち着きすぎていて、あたしの兄とおなじ年齢だとは、とても思えなかった。

大学生だというのも、嘘だったのか。

そう考えると、いろんなことに納得がいった。

あたしはリングを、そっと自分の服のポケットに滑りこませる。

石田さんは、こちらを見ていた。あたしが拾いあげたことに、気づいている。何か言いたげな顔をしていたが、黙殺して、テーブルへと向かう。

それぞれ食事のトレイを持って、四人でテーブルを囲む。

楽しいランチタイムの始まりだ。

「石田さんって、大学では何を勉強されているんですか？」

にこやかに、あたしは斬りこむ。

「いちおう、経済学をやっているけれど、あまり真面目に勉強しているとは言えないね」

いけしゃあしゃあという感じで、石田さんは答える。

「バイトはしてないんですか？」

「今はね。以前は、家庭教師なんかをしていたのだけれど」

あくまで、しらを切り通すつもりらしい。

「ねえ、かすみちゃん」

「なあに、あおいちゃん」

「つきあうようになってから、プレゼントとか、何かもらった？　たとえば、指輪とか」

石田さんは表情ひとつ変えない。

「年上の彼氏なんだからさ、当然、アクセサリーのひとつでも買ってもらいたいよね」

「ええっ、いいよ、いいよ。もう、あおいちゃんってば……」

かすみちゃんが両手を大きく振ると、となりで石田さんが口を開いた。

「クリスマスには考えているから、もう少し待ってもらいたいな」

その言葉に、かすみちゃんは頰を染める。

あたしは明るい声で、言葉を続ける。

「へえ。考えているって、もしかして、ペアリングとかですか？　恋人同士で、おそろいのリングをするのって、いいですよね。離れていてもずっとつながっている、みたいな感じで」

となりで、笹川くんがむせた。

「げほっ、げほっ、いいや、失礼……」

かすみちゃんがあわてて、おしぼりを差し出す。

「これ、どうぞ」

「あ、どうも、すみません……」

笹川くんは恐縮して、こぼれた水をふく。

あたしは立ちあがる。

「お手洗い、行ってくるね」

そして、テーブルを離れる。

トイレから出ると、石田さんが立っていた。

「さっきのもの、渡してくれるかな？」

悪びれる様子もなく、石田さんは言う。

トイレの出入り口はパーティションでさえぎられて、かすみちゃんたちのほうからはこちらが見えない。

「何のことですか？」

にっこり笑って、あたしは答える。

「きみが拾ってくれたものだよ。大事なものだからね。なくしたら困るんだ」

どこまでも穏やかな口調で、石田さんは言った。

「大事なものって、まさか、結婚指輪とかじゃないですよね？　だって、つきあっている女の子がそこにいるのに、そんな指輪があるわけないですもんね」

すっとぼけてやると、石田さんはわずかに顔をゆがめた。

「指輪だよ。拾ったのだろう？　返してくれ」

あたしは笑顔を消して、目の前の男をにらみつける。

「よくも、かすみちゃんのこと、だまして……」

「だましたわけじゃないさ。ただ、彼女が勝手に勘違いしただけで」

「嘘！　だって、本当は大学生なんかじゃないんでしょう？」

「大学に通っているとは言ったが、学生だとは言っていない。大学職員をしているんだよ。通勤途中に、彼女のことを助けてあげて、これから大学に向かう……と説明したところ、誤解をされたようだ」

そう言って、軽く肩をすくめると、石田さんは言葉を続ける。

「あと『彼女はいるんですか？』と聞かれたから『いない』と答えたのも、嘘はついていないよ。彼女はいないからね。妻はいるけれど」

その身勝手すぎる言い分に、あたしは唖然《あぜん》とする。

開いた口がふさがらない。

「そんな……。だまして、つきあうなんて、そんなこと、よくも……」

糾弾すべきところが多くて、どこから責めればいいのか、判断に迷うほどだ。

わなわなと怒りに身を震わせながら、あたしはリングを握りしめる。

「かすみちゃんをだましているなんて、絶対に許せない。そんな人に、誰が……」

すると、石田さんはうなずいた。

「いいだろう。わかった。善処するよ。だから、それを返してくれるかな」

こちらに手を差し出して、石田さんは詰め寄る。

「ちゃんと、本当のことを話すって、約束してもらえますか？」

「ああ、約束する。こちらも、隠しごとをしているのは良心が痛むし、そろそろどうにかしなければと思っていたんだ」

信じるわけではない。

これは取引だ。

そう思いながら、あたしはリングを渡す。

石田さんは男性用トイレへと入っていった。あたしはかすみちゃんたちの待つテーブルへと戻る。

「お手洗い、混んでた？」

かすみちゃんの言葉に、あたしはうなずく。

「うん、ちょっとね。でも、出てきたときには空《す》いてきてたよ」

「じゃ、行ってこようっと」

かすみちゃんが席を立ち、笹川くんとふたりになる。

「結城さん、大丈夫か？」

笹川くんは気づかうように、こちらを見る。

「なにが？」

「顔色が悪いぞ」

「頭に血がのぼっちゃって」

「石田さんのことか？　さっきのって、やっぱり……」

笹川くんは言いよどむ。

「そう、指輪だった。結婚指輪。あの男、既婚者だった。ほんと、最低すぎて、言葉も出ない」

「マジかよ。うわ、それは……」

笹川くんがつぶやいたところに、かすみちゃんが戻ってきた。石田さんも一緒だ。

「これからどうする？」

かすみちゃんは笑顔で、あたしたちに話しかける。

「ご飯食べた後だから、ちょっとまったりしたいよね」

すると、石田さんが口を開いた。

「かすみちゃん、聞いてもらいたいことがあるんだ」

その真剣な面持ちに、かすみちゃんはけげんそうに首をかしげる。

「どうしたの？　石田さん」

「急に、こんなことを言い出すと、きっと、驚いてしまうだろうけれど、今なら、友人もそばにいてくれることだし、この場ではっきりさせておいたほうが、ショックが少ないかとも思って」

持ってまわった言い方に、あたしは少しいらっとする。

「ごめんね、かすみちゃん」

落ち着いた声で、石田さんは言う。

「やっぱり、きみとはつきあえないんだ」

かすみちゃんが小さく息をのんだ。

「え？　なに？　石田さん……？　それって、どういう……？」

信じられない、というように、かすみちゃんは大きく目を見開く。

「かすみちゃんに告白してもらったこと、嬉《うれ》しくて、恋人としておつきあいできたらいいなと思ったのだけれど、もしかしたら、それはきみを傷つけてしまう結果になるかもしれないから」

石田さんの話を聞くうちに、かすみちゃんの目には涙がにじんできた。

「だから、ごめんね。もう、会わないほうがいいと思うんだ」

「いやっ、そんなの……。ねえ、石田さん、嘘だよね……？」

かすみちゃんはぽろりと涙をこぼして、石田さんを見つめている。

たぶん、これはあたしの望んだことにもっとも近いはずだ。

かすみちゃんを傷つけないように、石田さんがいなくなること……。

「どうして……？　傷つくってどういうこと……？　いきなり、そんなこと言われても、全然、わかんない……」

石田さんは物言いたげに、こちらをちらりと見る。

「勝手なこと言ってごめん。ただ、これだけはわかってほしい。かすみちゃんのこと、嫌いになったわけじゃないから」

「でも……でも……」

声をつまらせると、ハンカチを取り出して、かすみちゃんは涙を押さえた。

「嫌いじゃないのに、それなら、どうして……」

胸が痛い。

悪いことをしたつもりはないけれど、罪悪感がわきあがってくる。

かすみちゃんが泣いているのは、あたしのせいだ。

「これを見たら、納得してくれるかな？」

石田さんは自分の左手をかかげて見せる。

その薬指には、銀色のリングが光っていた。

「え……？　それって……？」

かすみちゃんは茫然《ぼうぜん》として、それを見つめる。

「隠すつもりはなかったんだけれど、結果的にだますことになってしまって、申し訳ない。だから、これ以上、つきあうことは、許されないんだ」

その言いぐさに、あたしは舌打ちしたくなった。

すべての責任は自分にあるくせに。

「本当に、ごめん」

ゆっくりと頭をさげると、石田さんは席を立った。

そして、あたしのほうへと視線を向ける。

「あとは、頼むよ」

そう言い残して、石田さんは歩き出す。

「待って！」

かすみちゃんもあわてて立ちあがった。

「待ってよ、石田さん！」

石田さんは振り返らない。

かすみちゃんはすがるような目で、あたしのことを見る。

「どうしよう、あおいちゃん……。こんなのって……」

ここからは、あたしの出番だ。

かすみちゃんのことをなぐさめて、失恋の痛手から立ち直ることができるように、全力を尽くす。

「かすみちゃん……」

名前を呼んで、あたしは手を広げる。

けれども、かすみちゃんは来なかった。

「変なところ見せちゃって、ごめんね。あおいちゃんたちは、先に帰ってて。石田さんと、納得できるまで、話してみるから……」

思いがけないほどしっかりした口調で言うと、かすみちゃんはあたしに背中を向けた。

そして、石田さんのことを追いかける。

失敗した。

そう思うしかなかった。

あたしが絶対に許せないと思った最低な男でも、かすみちゃんは心が広いから、おなじようには思わないのだ。

嘘をつかない人間というのは、嘘が嫌いだからこそ、自分も嘘をついて他人をだまそうとは思わない。

しかし、一方で、自分は決して嘘をつかないが、他人が嘘をついたときには許すことができる人間もいるのだ。

かすみちゃんは、そのタイプである。

あたしは打つべき手を間違えた。

ただ、つきあっているだけなら、普通の恋人同士で、かすみちゃんはそれほど石田さんに思い入れを持たなかったかもしれない。

けれども、すべてを知ったうえで、嘘をつかれていたとわかった後も、かすみちゃんの気持ちが変わらないのだとしたら……。

あたしはその場で、くちびるを噛《か》みしめるしかなかった。

Chapter 17

結城さんとふたり残され、ぼくはかけるべき言葉を持たなかった。

打ちひしがれた様子で、結城さんはうつむいている。

ダブルデートなんて、さぞかし気まずいだろうと思ってはいたが、予想の斜め上を行く展開だ。

まさか、石田さんが既婚者だったとは……。

そして、その事実を知ったにもかかわらず、かすみさんが追いかけていくとは……。

「あーっ、もう、失敗した！」

悔しそうに、結城さんがつぶやく。

「これじゃ、あの男が自分から本当のことを告白して、誠実さを見せたみたいにも思えるよね。ほんとは違うのに。もともとだましていたのが悪いのに。でも、正直に言ったから許してあげるっていうか……。かすみちゃんは優しいから、こんなやり方じゃ、だめだったんだよ。ああ、追いつめ方を間違えた」

「結城さんのせいじゃないって」

気休めになるのかはわからないが、そんなことを言ってみる。

「でも、あたしがもっとうまくやれば、あの男ときっぱり別れさせることができたのに」

「おいおい、結城さんはふたりの仲を引き裂こうとは考えていない、とか言っていなかったか？」

「それはそうだけれど。でも、あの男の正体を知った以上、絶対に別れたほうがいいって」

「そうとも言いきれないだろ」

「なんでよ?」

「人の考えは、それぞれだ。何が幸せかは本人にしか決められないんじゃないのか」

「そんなことはわかってる!」

むっとしたように言って、結城さんはこちらをにらみつける。

まずった。つい、余計な口出しをしてしまった。

「きみって、たまに、すごくむかつくこと言うよね」

燃えるような目で、結城さんはまっすぐこちらを見つめてくる。

怒った表情をしていても、やっぱり、とても整った顔立ちだ。

心臓の鼓動が、速くなる。

体のやつが、勝手に反応して、恋愛感情として、認識してしまう。

ああ、まいったよなあ。

どう考えても、好きになっているよな、これは……。

「気分を害したのなら、謝る。ごめん。悪かった」

「そうやって、すぐに謝るところもむかつくし。謝るくらいなら最初から言うな」

からんでくるのは、あきらかに石田さんに対する怒りの八つ当たりだろう。

ぼくは無言のままで、スルーする。

するると、結城さんは気を取り直すように、息を深く吐いた。

「きみの言葉がむかつくのは、それが正論で、図星を突いてるからなんだよね。ああもう、腹が立つ！　わかっているんだって。誰とつきあおうとかすみちゃんの自由だってことは、百も承知なの。でも、嫌なものは嫌なのだからしょうがないじゃない！」

「まあな、気持ちはわかるが……」

「きみは？　きみはさ、自分の好きな森さんが、べつの男とつきあっていることについて、平気なわけ？　綺麗事《きれいごと》じゃなく、本音の部分で答えてよ。本当は、悔しくてたまらないでしょう？　別れたらいいのにって思うでしょ？」

結城さんに問われ、ぼくは一瞬、たじろぐ。

そう、ぼくの好きな人は、森さんだ。

森さんだったはずだ。今でも、好きなはずで……。

「前にも言ったが、本当に、ぼくは森さんが龍樹とつきあっていることを心から祝福している。別れてほしいなんてみじんも考えたことはない」

結城さんが求めている答えはこんな言葉ではないのだろうなと思いつつも、ここだけは譲れない。

「ほんとに？　森さんが彼氏と別れて、自分とつきあってくれたらいいのに……って望んだことがないと、嘘偽りなく、本心から、そう言えるの？」

嘘、偽りなく……。

「ああ、言える」

きっぱり言うと、結城さんは形のいい眉《まゆ》をひそめた。

「変だって。おかしいよ。そんなの、本気で好きだって言えるわけ？」

好き……だったはずだ。

今、目の前にいる結城さんに恋愛感情のようなものを抱いてしまっている以上、自信が揺らいでいるが。

「森さんのことも大切だが、おなじくらい、龍樹のことも友達として大切に思っているからな。ふたりがつきあっていれば、そのどちらもが幸せなんだから、ぼくにとってこれほど望ましい状態はない」

「馬鹿じゃないの。それじゃ、自分は幸せになれないじゃない」

「だから、ふたりがつきあっていて幸せなら、それがぼくの幸せでもあるんだって」

「偽善者」

吐き捨てるように、結城さんはつぶやく。

偽善……なのか、これは？　全然そんな気はしないのだが。むしろ、ぼくに似合いの罵《のの》り言葉は「臆病者《おくびょうもの》」かもしれない。

「そもそも、ぼくはべつに誰かとつきあいたいなんて思っていないからな。恋愛なんか面倒なだけだ。ずっとひとりでいい」

「そんなの、負け惜しみでしょ」

「それじゃ聞くが、結城さんは、かすみさんが悲しむことになっても、石田さんと別れたらいいと、本気で思うのか？」

「うん、思うよ。だって、結婚しているんだよ？　不倫だよ？　ありえないじゃない」

そこに、着信音が響いた。結城さんが携帯電話を取り出す。

「かすみちゃんだ」

読んでいくうちに、結城さんの表情はものすごい勢いで険しくなった。

「えええええ、嘘、信じらんない。はあ、もう、なんで、そうなるわけ……？　ちょっと、これ、見てよ」

当然のように携帯電話を渡され、ぼくはその文面を読む。

「せっかくのダブルデートだったのに、最後が変なふうになっちゃってごめんなさい。笹川くんにも、お詫《わ》びを言っておいてくださいね。あのあと、石田さんと話し合って、仲直りできました。心配かけちゃってごめんね」

結城さんにとってさぞかしダメージがでかいだろうというその文章を読みながら、一方で、ぼくはまったくべつのことを考えていた。

今、ぼくの手には結城さんの携帯電話がある。

ぼくが結城さんにいいように使われている理由である例の写真が、この携帯電話には入っているのだ。

つまり、ここで、写真のデータを消去してしまえば、これからは、もう、脅される心配はないわけで……。

「仲直りって、なにそれ、違うじゃん！　そういう問題じゃないでしょう。なんで、こんな展開になっちゃうのよ。おかしいって、絶対に」

動揺しまくっている様子で、結城さんはぶつぶつと言っている。

ぼくに携帯電話を渡してしまったという、ミスについても、気づいていないようだ。

チャンスだ。今なら、あの写真をこの世から抹消することができる！

そう思いながら、ぼくは手の中の携帯電話を見つめる。

この機を逃せば、これからも、ぼくは結城さんの下僕扱いだ。

チャンスは今しかない！

一瞬のうちに、そんな考えをめぐらせたのだが……。

「これで、いいんじゃねえの。あきらめろって」

言いながら、ぼくは結城さんに携帯電話を返す。

結局、データは消さなかった。

ただでさえショックを受けている状態の結城さんに、追い打ちをかけるようなことなど、できるわけがない。

「石田さんが既婚者だってことをわかったうえで、かすみさんがつきあうって言うんだから、それもまた自由だろ」

「でも、傷つくのはかすみちゃんだよ！」

「結城さんが心配なのはわかるが、他人にどうこうできる問題じゃないって。かすみさんが自分から目を覚ますしかないっつうか」

「でもっ、でも……」

結城さんって、美人だし、頭もいいはずなのに、かすみさんのことに関しては、駄々をこねている子供みたいになるよな。

「ぼくは、こういう問題での、第三者の無力さを嫌ってほど知っているからな。親の浮気やらなんやらで、苦労したし。昔はどうにかしようと必死で、あがいてみたりもしたが、まあ、無駄な努力だったたな。愛だの恋だのってやつに夢中になると、まわりの意見なんて聞く耳を持たなくなるだろ」

なにしろ、子供の存在すらどうでもよくなるのだから。

恋愛というのは美しいものなんかじゃなく、妄執の一種で、見苦しいものだというのが、親を見て、ぼくが学んだことだ。

「それはそうだけど。でも……」

「だいたいさ、余計なお世話で、きつい言い方になるかもしれないが、石田さんが一方的に悪者で、かすみさんばかりが被害者ってわけでもないだろ。事情をわかって、かすみさんが選んだんだから……」

「そんなの、だめだよ！　許せない！」

怒りを超えて、泣き出しそうな声で、結城さんは言う。

その様子に、ぼくは気づいた。

ああ、そうか、結城さんが腹を立てているのは、かすみさんに対してでもあるのか。

結城さんは、その潔癖さゆえに、不倫なんて行為を自分の親友がするなんて許せないのだろう。けれども、かすみさんのことが好きだから、責めることもできず、苦しんでいる。

ああ、また、だ。

どうしようもなく、結城さんのことを抱きしめたくなる。

なんなんだろうな、この気持ちは……。

結婚していながら、ほかの女にも手を出すなんて、最低だと思う。

そんな父親のことを心の底から軽蔑《けいべつ》しきっていた。

でも、知ってしまった。

誰かのことを好きだと思っていたのに、べつの相手にも心が動いてしまうということが、あるのだと……。

「かすみちゃんは悪くない！　どう考えても、悪いのはあの男でしょう」

「まあ、誰がいちばん悪いかといえば、石田さんだよな。あきらかに、だますつもりで、自分に不利なことを隠していたんだろうから」

「だよね？　そうだよね！」

「女子高生から告白されて、つきあいたいから嘘をついたって気持ちは、わからんでもないが」

結城さんから冷ややかな一瞥《いちべつ》をくれられ、ぼくはあわてて言葉を続ける。

「しかし、そこでぐっとこらえて、きっぱり断るのが、大人の男ってもんだろ。結婚していたことを最初に隠して、つきあうとか、卑怯《ひきょう》だよな。不倫はダメだろ。常識的に考えて」

「そうなんだってば。悪いのは、あの男だよ、絶対に！」

だが、そんな最低な男でも、好きになってしまった以上、かすみさんの気持ちはどうしようもないのだろう。

「こうなったら、もう、絶対に別れさせるしかない。きみも協力して、お願い」

結城さんは思いつめた顔をして、ぼくに言う。

好きな人に頼まれたら、手助けしないわけにはいかない。

結局、あの写真があろうがなかろうが、ぼくは結城さんの力になりたいと思ってしまうのだ。

「ああ、わかった」

そう答えるよりほかに、ぼくに何ができただろうか。

Chapter 18

あたしはこれまでの人生において、悩みというものをあまり持ったことがなかった。

たいていのことはうまくやれたから、悩む必要がなかったのだ。

けれども、ここにきて、人生で最大ともいえる問題に直面している。

どうしたら、かすみちゃんをあの男と別れさせることができるのか。

自分のことじゃないだけに、できることが限られていて、もどかしい。

「とにかく、あの男がどんなに最低で、かすみちゃんはだまされていて、このままじゃ悲しむだけだってことをわかってもらわなきゃ」

遊園地のカフェテリアの端っこで、あたしたちは話を続ける。

「説得の方法について、きみも考えてよ」

すると、笹川くんは渋い表情を浮かべて、うーんとうなり声のようなものを漏らした。

「あのさ、結城さんが石田さんのことを悪く言うのはやめたほうがいいと思うんだ」

「なんでよ？　だって、どう考えても、悪いのはあの男でしょ？」

「でもな、結城さんが反対すればするほど、かすみさんは石田さんのいいところを見つけて、弁護しようとするんじゃないか。そして、ふたりの結びつきは、ますます強くなってしまう可能性が高い」

「ああ、それはあるかも。恋は障害が多いほど燃えあがるって言うもんね」

「だから、結城さんはとにかく、石田さんを悪者にして責めないこと。そんで、ひたすら、かすみさんの言うことに共感して、味方に徹するんだ」

「でも、それじゃ、説得できないじゃない」

「まあな。はっきり言って、かすみさんを説得するのは無理だろう」

「きみ、人の話を聞いてる？　あたしは、ふたりを別れさせるための相談をしているんだってば」

笹川くんは少し黙った後、軽く溜息《ためいき》をついた。

「誰かを好きだと思う気持ちって、消そうと思っても消せないものだろ」

実感のこもった声で言って、すっと目を細める。

森さんのことを考えたのだろう。彼の瞳《ひとみ》には、切なげな色が浮かんでいた。

「説得によって、かすみさんの目を覚まさせることは難しい。だから、石田さんのほうから、かすみさんを振ってもらうのが、最善の策だと思う」

「どうやって？」

「あんまりすすめたくはないが、こうなったら、もう、直談判《じかだんぱん》しかないかもな」

彼はあごに手を置くと、ためらいがちに言葉を続ける。

「結婚していながら女子高生に手を出したなんてことが職場や大切な家族に知られてしまったら、世間体が悪いから、きっぱり別れたほうが身のためですよ、あっというまに情報が広がってしまうネット社会はおそろしいですよ……って感じで、親切にアドバイスすれば、石田さんだって自分の評判を守ることを優先するんじゃないか？」

言葉は柔らかいが、彼の提案していることは立派な脅迫だ。

気の弱そうな外見のわりに、なかなか、いい性格をしている。

「きみって、なにげに敵にまわしたくないタイプだよね」

「褒め言葉だと受け取っておこう。問題は、かすみさんに知られずに、もう一度、石田さんと会えるかってところだが」

「勤めている大学はわかっているから、そこに行けば会えるはず」

「職場に乗りこむのか……。自分で言い出しておいてなんだが、本気でやるつもりか？」

今さらそんなことを言う笹川くんに、あたしはにっこりと笑みを返した。

「当然。今度は失敗しないから」

振られてしまえば、かすみちゃんは悲しむだろう。一時的にはつらい思いをするかもしれない。けれど、すべては、かすみちゃんのためだ。今度こそ、あたしがしっかりと抱きしめ、なぐさめてあげるのだ。

「実行するときには、ぼくにも声をかけてくれ。発案者として責任があるというか、一緒に行くべきだろ」

「そだね。早いほうがいいから、さっそく、月曜の放課後にでも行こうか。制服のまましゃさすがにまずいから、着替えを用意して……。うん、ちょっとわくわくしてきた」

「結城さんって、立ち直りが早いな」

感心半分、あきれ半分といった口調で、笹川くんがつぶやく。

「へこんでたって、何もいいことないでしょ。自分にできることを見つけて、やれるだけのことはやらなきゃ」

行動しないくせに愚痴や文句ばかりを言うというのが、あたしはなによりも嫌いだ。望みがあるのなら、それを叶《かな》えるために、全力を尽くすしかない。

「しかし、きみ、こういうの、よく思いつくよね」

「親がごたごたしていたりで、心理学の本とかは一通り読んだからな」

「それで、家庭環境は改善したわけ？」

「まあ、死人は出さなかった」

「ふうん。そんだけ狡猾《こうかつ》で、人の心が読めるなら、森さんのことだって奪えそうなものなのに」

「その話はよせって言っているだろ」

眉間《みけん》にしわを寄せて、笹川くんは低い声を出す。

苦しげな表情が、彼にはよく似合う。

「きみの場合、机上の空論っていうか、知識はあっても、行動に移せないタイプなんだよね。ま、アドバイスをもらう分には役に立つからどうでもいいけれど」

何か言い返してくるかと思ったけれども、笹川くんは無言で目をそらしただけだった。

それから、もう少し具体的な打ち合わせをして、あたしたちはようやく席を立った。

すでに外は薄暗く、イルミネーションがともる時間となっていた。

「夕暮れの遊園地って、どことなく不気味だよね。夜になっちゃえば平気なんだけれど、この一瞬だけ、別世界みたい」

暗くなりかけた空には太陽が少しだけ残っていて、オレンジ色の光の中にジェットコースターのシルエットが浮かんでいる。

真昼のまぶしさは消えて、でも、ナイトパレードにはまだ早い。

「逢魔《おうま》が刻《とき》ってやつだからな」

あたしと笹川くんの間を、冷たい風が吹き抜けていく。

「その格好、寒くないか？」

ちらりとこちらを見て、笹川くんが言った。

「寒いって言ったら、上着とか貸してくれるわけ？」

「ああ、いいけれど」

「冗談でしょ。そのシチュエーションのほうが寒いって」

鼻で笑うと、笹川くんは本気で傷ついたような表情を浮かべた。

そこまでショックを受けなくてもいいじゃない。

メンタル弱いなあ。

罪悪感で、ちくりと胸が痛む。

「結城さんって、ほんとにかすみさんのこと、好きなんだな」

ふいに、そんなことを笹川くんがつぶやいた。

「今日、ふたりがいるところを見て、実感した」

彼に言われるまでもなく、あたしはかすみちゃんのことが好きだ。

「好きだって気持ちを抑えながら、友達のふりをしてそばにいるのって、つらくないか？」

「んー、でも、それはどうしようもないことだし」

遊園地の出口に向かって、あたしたちは歩く。

「かすみさんに本当の気持ちを伝えることは、考えないのか？」

前を向いたままで、笹川くんは問いかけてくる。

「告白なんかしたら、引かれちゃうでしょ。かすみちゃんは普通の女の子で、あたしのこと親友だと思っているんだから。本当の気持ちを知られるくらいなら、死んだほうがマシ」

「だよな。ぼくも、森さんに対して、おなじように考えている」

彼がそのような気持ちを抱いているのを知っているからこそ、こちらも心情を打ち明けることができるのだ。

「あたしだって、かすみちゃんとキスしたり、胸をもんだり、脱がしたり、いろんなことしたいって思うけれど、それは高望みってものでしょう。今以上の関係を求めれば、すべてを失ってしまうかもしれない。それがわかっているから、あたしはこのままでいい」

言いながら、あたしは自分の本音に気づいてしまった。

本当は、嫌なんだ。

現状に満足していない。

かすみちゃんのすべてを手に入れたい。

でも、怖くて、踏み出すことはできないから、おなじような立場にいる笹川くんに苛《いら》ついて、けしかけたくなるのだ。

「あたしは自分の気持ちをかすみちゃんに知らせるつもりはないけれど、きみは、森さんに告白して、玉砕すればいいと思うよ」

棒読みのように言うと、笹川くんは苦笑した。

「どこまで自分勝手なんだよ。すごいな。ある意味、尊敬する」

「きみも自分の気持ちに正直になれば？　森さんとキスしたいって思っているんでしょ？」

「だから、その話はするなと何度も何度も言っているのだが」

そんな会話をしながら、あたしたちは遊園地のゲートを抜けた。

かすみちゃんが彼氏と別れたとしても、あたしとの間で一線を越えることはない。

あたしはたぶん、いつになっても、親しい友達のままで、かすみちゃんのそばにいることになるだろう。

「あーあ、キスしたい」

夜空を見あげて、あたしはつぶやく。

半月の近くに、星が三つ輝いている。

「キスしたい。キスしたい。かすみちゃんとキスしたいよ」

星に願いをかけても、叶うわけがないことはわかっている。

けれども、あたしはあふれてくる気持ちを止めることができなかった。

Chapter 19

教室で、森さんと会うのが、怖かった。

森さんの姿を見て、自分がどんな気持ちになるのか……。

遊園地で、ぼくは結城さんに対して、心を動かしてしまった。

それでも、ぼくは森さんにも、以前と変わらない思いを抱いているのだろうか？

それとも、ぼくの好きな人は、今では森さんではなく、結城さんに更新されたのか？

どちらであってほしいのかは、自分でもわからない。

同時にふたりを好きになるなんて、自分がそんな軽薄な人間だとは思いたくなかった。

だが、結城さんへ心変わりして、森さんと会っても平気なのだとしたら、それはそれで、ぼくの気持ちはそんなものだったのかよ……という話にもなるわけで……。

「おはよう、笹川くん」

教室に足を踏み入れた途端、森さんに微笑みかけられ、鼓動が速くなる。

やべえよ、やっぱ、すごい可愛いって……。

森さんの笑顔は、半端ない破壊力で、胸の中心部を直撃する。

思わず、ぼくはその場で頭を抱えたくなった。

なんだよ、これ。全然、変わってないじゃないか……。

「あー、うん、おはよう」

森さんは何か言いたげに、じっとこちらを見つめてくる。

耐えきれず、ぼくは目をそらす。

赤面していないといいのだが……。

「やっぱり、よく似合っているね」

最初、何を言われているのか、わからなかった。数秒後、思い出す。ああ、そういや、眼鏡を新調したんだった。

そこに、背後から声が聞こえた。

「でしょ？　あたしが選んであげたんだ」

結城さん、登場である。

いろんな意味で、胃が痛くなる。

ただでさえ森さんと話すときには心臓がばくばくして死にそうになるというのに、結城さんまであらわれるなんて、今日は朝からハードモードだぜ。

精神的な負荷が大きくて、ストレスゲージが振りきれそうだ。

いきなり会話に入ってきた結城さんに、森さんは少し驚いたような顔をした後、興味津々といった感じで、ぼくを見あげる。

「笹川くんと結城さんって、一緒に買い物に行ったりするような仲なの？」

そんなわくわくした目で見られても……。

なんだ？　何を期待されているんだ……？

一方、結城さんはまったく本心の読めない感じで、にっこりと微笑む。

「今日の放課後にも、予定があるんだよね。じゃ、笹川くん、またあとで」

それだけ言って、結城さんは自分の席へと戻る。

なんだ？　何がしたかったんだ……？

ぼくと森さんも、それぞれの席に向かう。

もともと、挨拶《あいさつ》以上の会話を交わしたりしないのが、ぼくらの正しい関係のあり方だ。

森さんと、結城さん。

本当に好きなのは、どちらなんだ？

ちょっと親しくなっただけで、誰にでも好意を持ってしまうのかよ、ぼくは。

自己嫌悪でいっぱいになりながら、大きく溜息《ためいき》をつく。

というか、どちらであろうとも、どうにもならないことに変わりはないのだが……。


昼休み。いつものように、三人で屋上へと向かう。

龍樹と森さんは、週末に観た映画の話をしている。その監督の作品ならいくつか観たことがあったので、ぼくも邪魔にならない程度に会話に入る。

「笹川くんは？　お休み、どこかに行った？」

森さんにそう話を振られ、遊園地に行ったことを言おうかとも思ったのだが、事情を説明するわけにもいかないので、黙っておくことにした。

「いや、べつに」

はい、会話終了。

せっかく森さんが気を使ってくれたのに、気まずい沈黙に支配されたので、あわてて言葉をつなぐ。

「ほら、ぼく、基本、引きこもりだし。出かけるより、部屋にいるほうが好きだし。録《と》りためてるアニメも消化しないといけないし」

森さんが返しに困るようなことを口走っていると自覚しているのだが、うまい話題を思いつけない。

森さんを前にすると、どうしても空まわりして、挙動不審に拍車がかかってしまう。

救援を求めるように、龍樹のほうを見る。

「そうだ、おれ、職員室に呼び出しくらってたんだった」

これまた、龍樹は龍樹で、会話をぶった切るようなことを言う。

「何しでかしたんだ？」

「たぶん、部活のことだと思う。悪いことしたわけじゃないから」

森さんに向かって、安心させるようにそう言うと、龍樹は立ちあがる。

「ってわけだから、ちょっと行ってくる」

相変わらず、ぼくと森さんをふたりきりでこの場に残すことにまったく頓着《とんちゃく》しない様子で、龍樹は階段へと去っていった。

「あのね、笹川くん、聞いてもいい？」

龍樹を見送った後、森さんはこちらを振り向いた。

「なに？」

「結城さんのこと」

ずばっと斬りこまれ、ぴくりと頬が引きつる。

森さんは真剣な顔で、身を乗り出してきた。

「ふたりは、おつきあいしているの？」

じっと見つめられ、どぎまぎしてしまう。

森さんの「おつきあい」って言い方、妙に可愛いよなあとか、そんなどうでもいいことが頭に浮かぶ。

「してないって。全然、そういう関係じゃないから」

「でも、朝もすごく仲良さそうだったよね」

「ぼくが結城さんとつきあうとか、無理無理。ありえないから」

わかりきった事実ではあるが、実際に口に出してみると、地味にダメージを受けた。

そうなんだよな、結城さんのことを好きになったって、不毛なだけである。

森さんといい、なんでこう、ぼくは無駄な気持ちばかりを抱いてしまうのか。

「ごめんね。そういうつもりじゃなかったんだけれど……」

森さんがしょんぼりと肩を落としたので、焦りまくる。

「は？　いやいや、ここ、森さんが謝るところじゃないし」

状況がつかめない。

「お節介だってことはわかっているの。でも、わたし、どうしても気になっちゃって……」

ようやく、少し理解できた。

森さんの中では、ぼくが結城さんにつらい片想いをしているのに、つきあっているなんて誤解して、傷つけてしまった……ということになっているのだろう。

「笹川くんにはお世話になったし、力になりたくて。わたしでよければ、いつでも相談に乗りたいって思って……。でも、他人の恋愛に首を突っこみたがるなんて、良くないことだよね」

結城さんなんて、首を突っこむどころか、他人の恋愛をぶち壊そうとしているけれどな。

「わたし、もともと、恋愛なんかくだらないって思っていて、けれど、古賀くんと出会ったことで、人を好きになるのって、とても素敵で、幸せなことだって気づくことができたの。だから、笹川くんにも幸せになってほしいって思っちゃって。でも、自分の価値観を他人に押しつけようとするのは、傲慢《ごうまん》ですらあるよね。ああ、自分で自分が嫌になっちゃう。ほんと、ごめん」

「いやいやいや、だから、そんな、森さんが謝ることじゃないから。その気持ちは、すごいありがたいし」

こんなふうに言われてしまうと、相談しないわけにはいかない。

「なんつうか、結城さんとは服を買いに行くのにつきあってもらったりとかしているけれど、向こうはぼくのことなんか眼中にないって感じで。だから、こっちとしても、高嶺《たかね》の花《はな》っていうか、実際につきあったりするのは難しいことはわかっているし、相談のしようもないんだよな」

少し話すと、森さんは目を輝かせて、食いついてきた。

「でもでも、一緒にお出かけできるっていうのは、すごいよね」

「まあ、そのへんも理由があったりするのだが。それに、結城さんにはほかに好きな相手がいるから。ま、ぼくにできることはないって感じで」

「そっかあ。それはつらいね」

表情を曇らせて、森さんはつぶやく。

森さんに、結城さんのことを話しているうちに、不思議と心が軽くなるような感じがした。

ぼくが結城さんのことを好きだと思われていれば、いいカモフラージュになって、森さんに対する気持ちに気づかれる心配もない。

恋愛の相談をすることで、森さんはただの友人という立ち位置を確保できるのだ。

これは案外、使える手かもしれない。

「そんじゃ、参考までに、女子として、教えてほしいのだが、龍樹とつきあおうと思ったっていうか、好きになった理由って、なに？」

自分の傷口に塩を塗るようなことをあえて質問してみる。

「理由って、なんだろう？　改めて考えてみると難しいね」

小首をかしげて、森さんは遠くを見つめた。

「わたし、最初の頃にも一度、古賀くんから好きだと言われて……でも、そのときには彼のことをよく知らなかったし、おつきあいをすることなんて考えられなかった。だから、お断りしようと思ったのね」

「ほうほう、なるほど」

そういえば、龍樹からも、告白をしたけれど取り消したという話を聞いた気がする。

「結局、そのときの告白については、返事はいらないからって言われて、それで、そのあとも一緒に映画を観たりとかしているうちに、仲良くなって……そんなある日、また、古賀くんに告白されたの。二度目のときには、わたしにとって、古賀くんはとても大切な人になっていたから、その存在を失いたくないって思って、おつきあいすることを決めました」

一気に言うと、森さんは照れくさそうに、両方の手のひらを頰にあてた。

「ああ、恥ずかしい。自分の恋愛について話すのって、すごく照れるね」

赤くなった頰をさますように、ぱたぱたと手であおいでいる。

「やっぱ、タイミングってやつが重要なのか」

いつか、結城さんが口にした言葉を思い出す。

——恋愛っていうのは、タイミングがすべてなの。

タイミングさえ合っていれば、ぼくにも……？　いやいや、だから、それは考えちゃダメなんだ。

「うん、タイミングって、大きいと思う」

うなずいてから、森さんは考えつつ、言葉を続ける。

「好きって気持ちは、育っていくものなのかもしれない。水を注がれて、日の光を浴びて、そして、時期が来たら、花が咲くの。古賀くんの優しさや笑顔が、わたしにとっては水や光みたいなもので、どんどん、好きって気持ちが育っていったのだと思う。古賀くんはそのタイミングをちゃんと待ってくれたんだよね」

愛おしそうな声で、森さんは龍樹の名前を口にした。

こういう瞬間に、ぼくは胸を射貫《いぬ》かれるのだ。

森さんが疑いようもないほどに龍樹のことを大切に思っていて、この世の中には愛という尊いものが存在するのだと思い知らされ、まぶしくて、恋い焦がれてしまう。

「せっかく育った気持ちだから、枯らさないように、これからも大事にしていきたいなって思っているの」

ぜひ、そうあってほしいと、ぼくも心から望む。

森さんが幸せであれば、それでいい。

そう自分に言い聞かせるとき、これまでだとわずかに苦みのようなものを感じていた。

だが、今、青い空の下で、ぼくは混じりけなしの気持ちで、そう思えた気がした。

Chapter 20

あたしは笹川くんと並んで、大学のキャンパスを歩く。

いちおう、大学生に見えるような服装を選んだので、浮いているということはないはず。

笹川くんは物珍しそうに、きょろきょろとあたりを見まわしている。

「こんだけの広さで、石田さんのことを見つけるのは難しくないか？」

「職員なんだから、総務みたいなところで聞けばわかるでしょ。あそこに地図あるし」

地図で場所を確認して、事務局へと向かう。

「結城さんって、ほんと、行動力あるよな」

感心した口調で、笹川くんがつぶやく。

「ぼくなんか、大学って場所に来るのも初めてだから、ひるみまくりなのだが」

「大学自体は、学園祭とかで来たことがあるし」

「ほう、そうなのか。さすがだな」

ついては来たものの、笹川くんはまったく頼りになりそうもない。

しばらく歩いていると、笹川くんがまた口を開いた。

「それはそうと、今朝の発言はどういうつもりなんだ？」

「うん？　何が？」

「森さんと話していたときに、いきなり横から入ってきただろ」

「ああ、あれね。きみの価値を高めてあげようと思って」

「意味がわからないのだが？」

「あたしと仲良くしているのを見せつけることで、きみがあたしくらいのレベルの女子と釣り合う魅力を持っている、って彼女に対してアピールすることができるでしょ？」

笹川くんはあんぐりと口を開けて、間の抜けた顔で、こちらを見る。

「ものすごい自信家だな」

「客観的事実を述べたまで。それに、今まで何とも思っていなかったのが、ほかの子に手を出されそうになると、急に惜しくなって、自分のものにしたくなる……という心理もあったりするし。あたしがちょっかいかけることによって、きみと森さんの関係に進展があるかなと思って」

「余計なお世話だ。何度も何度も何度も言っているが、ぼくは進展なんて望んでいないんだから」

きっぱりと言った後、フォローするように彼は付け加えた。

「でも、まあ、助かった面もある。森さんが、ぼくは結城さんのことが好きなんだと思ってくれると、こっちとしては都合がいい」

無駄に敷地が広くて、緑の多いキャンパスだ。

何人かの大学生がこちらを見ていたので、にっこりと微笑み返す。

大人っぽく見える人もいるが、たいていは高校生とそんなに変わらない。大学生なんていっても、大したことないというのは、兄を見て、知っている。

校舎に入って、階段をあがる。

事務局のカウンターにいた女性に「石田さん、お願いします」と伝えると、用件を問われることもなく、すんなりと呼び出してもらえた。

あたしたちの姿を目にして、石田さんは一瞬、顔をこわばらせた。しかし、すぐに例のにやけた表情を浮かべる。

「やあ、今日はどうしたのかな？」

身を焼き尽くすほどの憎しみがわきあがってくる。

凡庸な容姿で、中身は最悪。

なのに、ただ、性別が男だというだけで、かすみちゃんとつきあうことができるなんて……。

「とりあえず、ゆっくり話せるところに行こうか」

石田さんに連れられて、カフェテリアへとやって来た。

「ここは使いにくい場所にあるし、ほかの学食に比べて、メニューが割高でね。いつも空《す》いているんだよ」

どうでもいいことを言って、石田さんは奥の席に座る。

「何か、飲むかい？」

「いえ、話はすぐに終わりますから」

あくまでも、冷静に。

感情的になったら負けだから。

軽く目を閉じて、心を落ち着けてから、毅然《きぜん》とした態度で、石田さんと向き合う。

「単刀直入に言います。かすみちゃんと別れてください」

何を言われるのか、予想はしていたのだろう。

動じた様子もなく、石田さんは困ったように笑う。

「でも、本人は別れたくないと言っているのだよ?」

「そんなの関係ない。かすみちゃんがどう思っていようと、不倫なんて許されるわけないから」

「それはまた、偏った意見だね」

「奥さんと離婚して、かすみちゃんを選ぶつもりはあるんですか?」

石田さんは無言で、何も答えない。

「どうせ、遊びなんでしょ? 違うって、言いきれるんですか?」

否定しないのは、認めたのとおなじだ。

「浮気相手が欲しいだけなら、かすみちゃんじゃなくても、いいですよね? そんないい加減な気持ちの人に、かすみちゃんのことは絶対に渡せない!」

ぴしゃりと言ってやると、石田さんはせせら笑うように「若いねえ」とつぶやいた。

「きみが、何をそんなに怒っているのか、わからないよ」

「何……って！　ごくごく、当たり前のことを言っているんですけれど！」

「そんなに悪いことはしていないよ。べつに、だましているわけじゃなく、今は承知の上で、彼女もつきあいたいと言っているんだ。本人同士が納得しているのだから、口を出される筋合いはないんじゃないかな？」

堂々と開き直られて、開いた口がふさがらない。

いけしゃあしゃあと、よくも、そんなことが……。

「僕はかすみちゃんのことが好きだ。そして、かすみちゃんも僕のことが好きだから、つきあっている。お互いが自分の気持ちに正直でいることの何が悪いんだい？」

「でも、でも……」

あまりに感覚が違いすぎて、どこから論破すればいいのか……。

とっさに考えがまとめられず、反論できないでいると、横で、笹川くんが口を開いた。

「石田さん、子供はいないんですか？」

唐突な質問に、石田さんは少し鼻白みながらも、答える。

「ああ、いないよ」

「それなら、傷つくのは、奥さんだけですむから、まだマシですね」

石田さんの顔に「痛いところを突かれた」という表情が浮かぶ。

「悪いことですよ」

淡々とした口調で、笹川くんは言う。

「少なくとも、法律上は、結婚しているのにほかの相手と関係を持つのは悪いことだとされています。夫婦間には、貞操義務ってやつがありますよね？　だから、浮気をしたら、慰謝料を払わなければならないと、法律で決まっているんです」

この攻撃は効いたようだった。

石田さんの態度から、余裕がなくなる。

やっぱり、奥さんのことを持ち出されると、都合が悪いみたいだ。

石田さんが形勢を崩したのを見て、あたしも攻撃に出る。

「あなたがしていることは、最低の行為です。奥さんのことを裏切っているのだし、かすみちゃんに対しても、誠実じゃない。このままじゃ、かすみちゃんは絶対に後悔する。これ以上、傷を深くしないためにも、きっぱり別れてください」

困惑した顔で、石田さんはこちらを見た。

「どうして、無関係なきみたちに、そんなことを言われなくちゃいけないのか」

「だって、あたしはかすみちゃんの親友だから！　無関係なんかじゃありません。かすみちゃんには、あたしという親友がついています。自分で言うのはなんですが、あたしは行動力があるほうなので、敵にまわすと面倒なことになると思いますよ」

「それについては、まさに、今、思い知っているよ」

苦々しく笑って、石田さんは言う。

「別れろって言われてもねえ……。かすみちゃんに、なんと、説明すればいいのか……。きみが今日、ここに来たこと、彼女に話してもいいのかな？」

思わぬ反撃に、たじろぎそうになるが、隙は見せない。

「ええ、ご自由に。かすみちゃんのためにしていることだから。あたしは何を知られたって構いません」

そして、すかさず、こちらもカウンターを繰り出す。

「そっちこそ、女子高生と浮気していること、奥さんに話してもいいんですか？」

攻めるべきポイントはここだ。

石田さんの顔から、どんどん笑顔が消えていく。

「それは……やめてほしいね」

「あたしは本気です。あなたの悪行を暴露したところで、あたしには失うものは何もありませんから。でも、あなたは守りたいものがありますよね？　家庭とか、仕事とか、社会的地位とか」

容赦なく、徹底的に、敵の急所を突く。

「ああ、わかった」

石田さんがうなずくのを見て、あたしは勝利の喜びを感じると同時に、あっさりかすみちゃんを捨てようとしているこの男に対して、怒りを抑えきれなかった。

やっぱり、奥さんを選ぶんじゃないか！

かすみちゃんに対する気持ちは、そんなものだったのか！

全然、本気なんかじゃなかったんだ！

そんないい加減な気持ちで、よくも、かすみちゃんのことを！

別れないと言い張られても困るが、こんなふうに簡単に引きさがられるのも、腹が立つ。

「わかったら、今すぐ、かすみちゃんにメールを書いてください」

「メール？」

「ええ、電話じゃ、うまく言い繕うかもしれないから。一方的に別れを告げるメールを書いて、それを送信したら、アドレスは消去して、かすみちゃんからの電話も着信拒否に設定してください」

「厳しいなあ」

ぼやきながら、石田さんは文章を打ちこんでいく。

「送信する前に、文面はチェックさせてくださいね」

「これで、どうかな?」

向けられたディスプレイの文字に、目を通す。

件名『ごめんね』

「やっぱり、別れるしかないみたいだ。中途半端な気持ちでつきあっているのは、かすみちゃんにとっても良くないと思う。僕のことは忘れて、新しい恋と出会えるように、祈っているよ」

それを読んで、あたしは首を横に振った。

「だめです。いい人ぶるのは、やめてください。卑怯《ひきよう》です。もっと、まったく未練を持たせないような感じで。あと、今後一切、連絡を取らないということも、ちゃんと書いてください」

舌打ちの音と同時に、石田さんの顔が醜悪にゆがむ。

この男の本性が、垣間見《かいまみ》えた気がした。

石田さんはイライラとしたように指先を動かして、文章を打ちこむと、投げやりな動作で、再び文面を見せた。

件名『ごめんね』

「やっぱり、別れるしかないみたいだ。かすみちゃんの親友の子が、職場にまでやって来て、別れろってうるさいんだ。面倒だから、別れることに決めた。正直、もう飽きたし。今後、一切、連絡を取るつもりもないから。失恋というのも人生経験だよ。僕のことはきっぱりあきらめてね」

うーん、こんなものかな。

これだけ最低な文章を読めば、かすみちゃんも幻滅するだろう。

「メールを送った後、もし、かすみちゃんから連絡があっても、着信拒否にして、絶対に会ったりしないでくださいね」

「残念だけれど、まあ、いいか。もう十分に楽しんだし」

とんでもないセリフを吐きながら、石田さんはメールを送信した。

その言葉の意味に気づいて、かっと頭に血がのぼる。

「ほら、着信拒否の設定もしたし、これで文句はないだろう？」

ふてぶてしい態度でそう言うと、石田さんは立ちあがった。

「そろそろ仕事に戻るよ」

去り際、石田さんはちらりと笹川くんのほうを見た後、もう一度、あたしに視線を戻した。

「きみは美人だけれど、男に愛されないタイプだね」

うっすらと笑って、石田さんは言う。

「きみのような子は、決して、幸福になることはできないよ」

ただ事実をありのまま述べるようにして、その言葉は発せられた。

だからこそ、ぐさり、と突き刺さった。

もし、石田さんが怒りに任せて、口汚く罵《のの》ったのなら、あたしは反発を覚えて、その言葉を跳ね返すことができたかもしれない。

けれども、そうじゃなかった。

攻撃ではなく、呪いのような言葉だった。

Chapter 21

ふっ、と結城さんは笑った。

勝利の笑みが、その顔には浮かんでいた。

捨てゼリフのように石田さんは嫌なことを言い残したけれど、結城さんはちっとも気にしていないようだった。

「いいチームワークだったね。きみ、役に立ったよ」

結城さんは上機嫌で、そんなことを言う。

親友であるかすみさんを守った、という達成感と喜びでいっぱいなのだろう。

大学から出るときも、足どりは軽く、鼻歌すら聞こえてきそうだった。

「何か食べてから帰る？」

伸びをするように両手をあげて、結城さんはこちらを見た。

「気分がいいから、今日はあたしがおごってあげるよ」

「まあ、何か食べるのはいいとして、自分の分は、自分で出すから」

いちおう、そう断ると、結城さんは眉間《みけん》にしわを寄せて、こちらを軽くにらみつけた。

「あのさ、人がせっかくおごってあげるって言っているんだから、ありがとうって答えなよ」

「いやいや、女子におごってもらうとか、ないだろ」

「女子とか関係ないって。この間は、きみの買い物につきあってあげたんだから、お礼にきみが食事代を出したでしょ？　で、今日はあたしの用事につきあわせたから、あたしがおごるって言っているの。何か問題でもあるわけ?」

言い方はきついが、声が笑っている。

挑発するような口調も本気ではなく、冗談っぽくからんでいるだけだということが、石田さんとのやりとりの後だとよくわかる。

「うーん、そんじゃ、安いのでいいから。ラーメン屋とか回転寿司とか」

すると、思いきり冷ややかな視線が返ってきた。

「あたしがそんなところに行くと思う?」

「じゃあ、何がいいんだよ」

小首をかしげて、少し考えた後、結城さんは答える。

「パスタな気分」

駅前をぶらぶら歩いて、結城さんが決めたイタリアンの店に入る。

あんまり高級っぽくもなく、高校生でも入りやすい雰囲気だ。とは言っても、結城さんと一緒じゃなければ、絶対に来ることはなかっただろうが。

ディナーコースはいい値段だったが、パスタだけを単品なら、なんとか千円以内でおさまりそうである。

「わあ、おいしそう! どれにしよう。石窯で焼いたピッツァだって。こっちも心惹《こころひ》かれるなあ」

メニューを広げて、結城さんは目を輝かせる。

「どうせなら、パスタとピッツァ、両方、頼んで、半分ずつしない？」

「ああ、それはいいんだが、この間、ぼくがおごったのよりも高くなりそうだし、やっぱり、割り勘にしないか？」

「その話はいいって言っているでしょ。あたし、このポルチーニとほうれん草のパルマ風フェットチーネが食べたい」

こういうときに、七百八十円とかの安い値段帯じゃなく、千四百八十円の料理を選ぶあたり、お嬢様育ちというか、結城さんって金持ちの家の子供だなあと思わせる。

ぼくもこづかいは多めにもらっているほうだから、漫画やフィギュアは躊躇《ちゅうちょ》なく買って、その金銭感覚に驚かれたりもするが、パスタ一皿にこの値段は、正直、ひるむ。

「ピッツァはきみに選ばせてあげるよ。どれがいい？」

メニューには写真などはついていないので、単語からどんな料理かを想像するしかない。

そもそも、ピッツァって、ピザとは別物なのか？

「この、マルゲリータってやつで」

手頃な値段だし、イメージ的に可憐《かれん》な美少女っぽいネーミングなので、それを選んでみた。

「うん、いいね。やっぱ、定番だよね、マルゲリータは」

料理を注文すると、結城さんは席を立った。

「夕飯いらないって、家に電話してくる」

そう言い残して、店の外へと向かう。

ぼくも、連絡を入れておいたほうがいいだろうか……。

あらかじめ、今日は帰るのが遅くなると伝えはしたが、夕飯を食べてくるとまでは言っていない。

しかし、うちの母親は、異常なほどに束縛が強いというか、ぼくがまっすぐに帰ってこないことに対してすでに腹を立てているようだったので、電話をしてしまえば、火に油を注いで、ますます厄介なことになりそうだ。この間、ぼくが自分で服を買って帰ったことも、面白くないらしく、ものすごく不機嫌になっていたし。いい加減、子離れしてほしいものだ。

そんなことをうだうだ考えていると、結城さんが戻ってきた。

「結城さんのところは、門限とか厳しいのか？」

「んー？　べつに、門限とかはない。連絡すればＯＫって感じ。子供を信頼しているらしいからね、うちの親は」

携帯電話をテーブルの上に置いたまま、結城さんは椅子に座る。

しばらくすると、パスタが運ばれてきた。

結城さんはフォークとスプーンを使って、自分の取り皿にパスタを半分ほどよそう。

残った分をぼくも自分の皿に取り分けた。

「ところで、ちょっと謎なんだが、ポルチーニってなんなのだ？」

「きのこ。イタリア料理だとよく使われているじゃん。ほら、これ」

結城さんがフォークの先で、白っぽいものをすくいあげる。

「食べたことない？」

「ああ、初めて見た」

食べてみると、椎茸《しいたけ》のような食感で、きのこだと納得した。

「この独特の香りが好きで、たまに食べたくなるんだよね」

「まあ、うまいと言えば、うまいかな」

ポルチーニの味はよくわからないが、パスタ自体はチーズとトマトのソースが平べったい麺《めん》にからみあい、具の生ハムも値段だけのことはあって、絶品である。

「これ、しめじとかエリンギで作っても、うまそうだよな」

「きみ、料理とかするの？」

「たまに。うち、母親が病弱だから、自分で作るしかないときもあるし」

「ふうん。えらいなあ。あたしなんか全然だよ。うちは母親が料理上手で、あたしの出る幕はないって感じ」

話をしたり、食べている間も、結城さんはテーブルの上の携帯電話を気にしている
ようだった。

「かすみさんからの連絡を待っているのか？」

「あのメールを読んだら、あたしのところに電話が来るだろうと思って」

だが、結城さんの携帯電話は静かなままだ。

パスタを食べ終わって、一息ついたタイミングで、ピッツァが運ばれてきた。

想像していたより薄くて、ほとんど具がない。熱々で運ばれてきたらしく、とろけ
たチーズがまだ音を立てている。生地についた焦げ目が香ばしそうだ。

店の人が「カットしましょうか？」と聞いて、結城さんが「お願いします」と答える
と、円盤状のカッターみたいな道具をくるくるまわして、ピッツァを六等分してくれた。

そのうちのひとつを、結城さんはナイフとフォークを使って、自分の皿にのせる。

ぼくもピッツァを皿に取り、ナイフで切り分けて、フォークで口に運ぶ。

「うまっ……」

一口食べて、あまりのおいしさに、絶句した。

確かに、これはピザじゃなく、ピッツァって感じだ。

宅配のピザとは、次元が違う。

「すげぇうまい。これまでの人生で、いちばんくらいにうまい食べ物かも」

「それは言いすぎでしょ」

わりと本気で言ったのだが、結城さんに軽く笑われる。

ぼくぼく食べて、はっと気づくと、ピッツァは消えていた。

「これは自分では作れない味だな。石窯がないと無理だ」

「そうだよね。でも……」

あたりをちらりとうかがうと、結城さんはぼくのほうに顔を寄せて、声をひそめる。

「前に、親と行った店のほうがおいしい」

「マジで？　これよりもっとうまいって言うのか？」

「うん。ここのも悪くはないんだけれど、生地が粉っぽいっていうか、前に食べたところのほうが、もちもちでおいしかった」

「それは食ってみたいな」

こんなふうに、一緒に食事をして、他愛《たあい》もない話をするなんて、まるでデートみたいだ。

もう、恋人のふりをする必要はなくなったのだが、今もまだ、それが続いているような気分になる。

勘違いもいいところだ。

目を覚ませ。

ぼくと結城さんは、まったくの他人で、無関係で……。

結城さんは携帯電話に手を伸ばす。かすみさんから連絡が来ていないか、チェックしているのだろう。

携帯電話を持ったまま、結城さんは顔をあげて、こちらを見た。

「あ、そうだ。約束どおり、写真のデータ、消してあげるよ」

そう、写真……。ぼくは、森さんの服を……。

そんなに前の話でもないのに、ずいぶんと遠い昔のできごとのような気がする。

あのとき、屋上で、結城さんに写真を撮られたことが、すべての始まりだった。

「ほら、確認して」

結城さんが携帯電話をこちらに渡す。

一瞬、手と手がふれあう。

恋人のふりをしていたときには、つないだこともある手だ。

「ね？　ちゃんと消したから。これで、きみの弱みはなくなった。バックアップを取ったりはしてないから、安心して」

「うん、ありがとう」

礼を言うところではない気もしたが、そうつぶやいて、携帯電話を返す。

つながりが、なくなった。

これでもう、ぼくは自由だ。

結城さんの言うことに従わなければならない理由なんてない。

「あたしとしては、残念でもあるけれどね。あの写真、よく撮れていたし。いい写真だったと思うんだ、我ながら」

結城さんは立ちあがり、伝票を持ってレジに行くと、さっさと支払いをすませてしまった。

おごって、おごられて、貸し借りはゼロ。

ぼくは役割を終えた。

結城さんと一緒に出かけるのも、これが最後になるだろう。

これで、終わり、か……。

Chapter 22

ずっと、かすみちゃんからの連絡を待っているのに、携帯電話は鳴らなかった。

笹川くんと別れた後、家に帰って、風呂《ふろ》からあがり、髪を乾かそうというときになって、ようやく、かすみちゃんから電話があった。

「あおいちゃん？　今、ちょっと、いい？」

思っていたよりも、落ち着いた声が耳に届く。

かすみちゃんだ！　やっと、電話をかけてきてくれた。

その声を聞くだけで、あたしは舞いあがってしまう。

「うん、大丈夫。どうしたの？」

濡《ぬ》れた髪のまま、ベッドに腰かけて、あたしはかすみちゃんの声に耳をかたむける。

「どうしたのかは、あおいちゃんがよくわかっていると思うんだけれど？」

その声に、ちくりと棘《とげ》を感じた。

「石田さんから、メールが来たの」

静かな声。けれど、怒っている。

つきあいの長いあたしだからこそ、かすみちゃんがものすごく怒っていることがわかる。

「あおいちゃん、石田さんのところに行ったっていうのは、本当？」

「うん。かすみちゃんのことを考えたら、そうするのが……」

「勝手なこと、しないでよ！」

こんなふうにヒステリックに叫ぶかすみちゃんの声を、初めて聞いた。

「あおいちゃんに、何がわかるっていうの？　石田さんのこと、何にも知らないくせに！」

「でもさ、だって、不倫だよ？　絶対に別れて正解だったと思う。あんな男に、かすみちゃんはもったいないもん」

「そんなの、あおいちゃんが決めることじゃないよ。私は石田さんが好きだったの。今でも、好きで好きで、たまらないのに……」

電話の向こうで、かすみちゃんはすすり泣く。

その悲しげな声に、怒鳴られたときよりも、胸が痛んだ。

「ごめん。余計なことして、ごめんね、かすみちゃん」

悪いことをしたとは、思っていない。あたしは、正しい選択をした。けれども、かすみちゃんをつらい気持ちにさせているのは、事実だ。だから、心を込めて、謝る。

「石田さん、電話にも出てくれない。あおいちゃんのせいで……。一方的に、別れるって言われて……。こんなのって、ないよ……。ひどすぎる……」

「ごめんね、かすみちゃん。石田さんのことなんか忘れて、今度、ふたりで遊びに行こうよ。ねっ、ケーキ食べ放題とか、どう？　それか、奮発して……」

「そんな気分になれない」

　ぴしゃりと、かすみちゃんは言う。

「あのね、あおいちゃん。私、怒っているんだよ？」

「だから、それはごめんって……」

「許せない。石田さんのメールを読んでから、これまで、あおいちゃんのこと、許そうって……怒らないようにしようって、頑張った。でも、無理なの。私、あおいちゃんのこと、許せない」

　くすんっと鼻をすって、かすみちゃんは言葉を続ける。

「だって、好きなの。石田さんのこと、どうしようもなく、好きなの。告白して、OKもらえて、すごくすごく嬉《うれ》しくて……。ほかの人のことなんか関係ない。石田さんに奥さんがいたって、好きって気持ちには、まったく変わりがなくて……。ただ、会えればそれでよかった。一緒にいる間は私のことを見てくれるのなら、それだけでよかったんだよ。それなのに、着信拒否されて、もう二度と会えないなんて……。こんな気持ち、あおいちゃんには、わかんないんだよ！」

かすみちゃんが怒るかもしれないとは、思っていた。けれども、あたしは心のどこかで高をくくっていたのだ。どんなに怒ったとしても、謝れば許してくれるだろう、と。心優しいかすみちゃんは、本気で怒ったりはしない、と。

けれども、その考えは甘かったと思い知る。

「ごめんってば、かすみちゃん、本当にごめ……」

返事のないまま、電話が切れた。

謝罪の言葉が、宙ぶらりんになる。

あたしはかすみちゃんの番号にかけ直す。けれども、話し中だった。

しばらく時間をおいてから、もう一度、かけてみる。

いつまで経っても、話し中の音が響く。

そこで、気づいた。

着信拒否されているんだ。

かすみちゃんが、石田さんにされているのと、おなじ状況。それを今、あたしは味わっている。

かすみちゃんは、自分の気持ちが、あたしには「わからない」と言った。でも、今、あたしは誰よりも、そのつらさを痛感していた。

好きな人から、一方的につながりを切られて、連絡を取れない……。

自分のしたことに、後悔はしていない。

かすみちゃんは一時的には傷つくかもしれないけれど、それは必要な痛みだ。

命を助けるためには、体に傷をつけて、切り開いて、患部を摘出しなければいけないときだってある。

かすみちゃんにとって、これが最善の策だったんだから……。

そう思おうとするのだけれども、あたしは髪を乾かす気力もなく、ベッドから立ちあがれないでいた。


翌日、学校が終わるとすぐに、あたしはかすみちゃんの家に行った。

電話に出てもらえないなら、直接、会いに行くまでだ。

インターフォンを押すと、かすみちゃんのママが出てきた。

「あら、あおいちゃん。お久しぶりね。ちょっと待って。今、かすみを呼ぶから」

そして、入れ違いに、かすみちゃんが玄関にやって来る。

かすみちゃんの表情は、硬かった。

「なに?」

あたしのことを見ても、にこりともしない。

「昨日の話の続きをしようと思って……」

「話すことなんて、ないよ」

「でもっ……」

あたしが口を開くと、かすみちゃんはちらりと後ろをうかがった。

親に聞かれたくない話だ。あたしたちは、近くの公園へと場所を移す。

「ごめんね、かすみちゃん。あたし、本当に悪かったなあと思って、反省しているから」

両手を合わせると、あたしはぺこりと頭をさげて、かすみちゃんに謝る。

けれども、返ってきた言葉は、そっけないものだった。

「……嘘ばっかり」

目も合わせずに、かすみちゃんは言う。

「あおいちゃん、本当は悪いことをしたなんて、思っていないでしょう?」

ぎくりとするけれど、顔には出さない。

「いつも、そうだよ。あおいちゃんは、自分は正しいって顔で、平気で相手を傷つける。それで、そんなことくらいで傷つくなんて、弱いからだって思うんだ」

さすが親友なだけあって、よくお見通しだ。

「そんなことないって。あたし、かすみちゃんを傷つける気なんか、全然なくて……」

「傷つけるつもりじゃなくても、私が別れることになったのって、あおいちゃんのせいだよね？」

かすみちゃんは顔をあげて、やっと、こちらを向いてくれた。

「だから、それはごめんってば。でもさ、あたしになんか言われたくらいで、別れることを決めたんだから、石田さんの気持ちもそんなものだったっていうか、かすみちゃんに対して、本気じゃなかったんだよ。だから、あんな男のことなんか、忘れたほうがいいって」

「そんなの、あおいちゃんには関係ないじゃない！　なんで、あおいちゃんに、そこまで口出しされなきゃいけないの？」

かすみちゃんの目が、怒りで燃えている。

大声で怒鳴ったりしないよう、必死で自分の心を抑えつけているのが、伝わってくる。

「だって、親友だから……。あたし、かすみちゃんのことが大切だから、放っておけなくて」

本心からの言葉を口にするけれども、かすみちゃんの怒りは鎮火しない。

「あおいちゃんは正しいよ。私だって、あのまま石田さんとつきあうのはいけないってことぐらい、わかっていた。でもね、理屈じゃないの」

ぎゅっと手を体の横で握って、かすみちゃんは大きく溜息《ためいき》をつく。

「あおいちゃんは美人だから、男の人なんて、いくらでも選べて、好きになったら恋愛がうまくいって当然だって思っているかもしれないけれど、普通はそうじゃないんだよ？　好きになった人に、告白して、つきあってもらえるって、奇跡みたいなことなんだから。私が石田さんとつきあえて、どんなに嬉しかったか……。石田さんの存在が、私にとって、どれほど大事なものなのか……。たぶん、あおいちゃんには想像すらできないだろうから、説明しても無駄だと思う」

かすみちゃんは吐き出すように、一気に言った。

「わかるよ。あたしにも、わかる」

「ううん、わかんないってば。わかるわけ、ないもん！」

頑《かたく》なに否定して、かすみちゃんは頭を横に振った。

「笹川くんのことだって、あおいちゃん、好きだって言うわりに、全然、見てなかったじゃない！　本当に好きになったら、あんなふうじゃないはずだよ。笹川くんに対する気持ちだって、ちょっといいな、くらいなんじゃないの？　そんなのと、おなじにしないで！」

確かに、笹川くんのことを好きだというのは嘘だったから、かすみちゃんは間違ってはいない。

やっぱり、親友の目はごまかせないものだ。

「本当に好きで好きで、ご飯も喉《のど》を通らなくて、切なくて、胸が痛くて、眠れなくなる気持ちなんか、あおいちゃん、知らないでしょう？　あおいちゃんは、本気で誰かを好きになったりしたことないんだよ！」

「そんなことないってば。あたしだって、好きって気持ち、わかるから……」

「嘘！　いい加減なこと、言わないで！　わかるわけないよ！」

そんなふうに決めつけられて、あたしも少し、腹が立った。

「嘘じゃないよ。だって、あたし、かすみちゃんのこと、好きだもの！」

思わず口に出してしまった言葉に、あたしは息をのむ。

言った。

ついに、言ってしまった。

おそるおそる、かすみちゃんのほうをうかがう。

「ふざけないで」

その顔には、これまで一度も見たことないような嫌悪に満ちた表情が、浮かんでいた。

「絶交だよ」

かすみちゃんの声が、耳に届く。

言葉は耳に入るのに、その意味が、とっさに理解できない。

「もう二度と、顔も見たくない」

くるりと背中を向けて、かすみちゃんは歩き出す。

その後ろ姿を、あたしは追いかけることができなかった。

あたしは失恋した。

そして、親友も失った……。

Chapter 23

結城さんとの関係が切れてから、一か月が経った。

クラスの女子と出かけるなんて、ぼくの人生にとっては異常事態ともいえる日々は終わり、家に引きこもってアニメ三昧《ざんまい》の楽しい毎日が戻ってきた。

録りためていたアニメを観はじめたとき、違和感があった。

妙に、画面がのっぺりとしているように感じたのだ。

絵にしか、見えない。

一般人がアニメに萌《も》えることができない感覚が、わかってしまった気がした。

結城さんのことをずっと近くで見ていたせいで、目が生身の人間に慣れてしまったのだろう。だから、情報量の少ないアニメ絵に、不自然さを感じてしまうのだ。

まずい。これはまずいぞと、焦りまくった。

アイデンティティの危機。

冷めたら、オタクとして終わりだ。

萌えられなくなったら、ぼくに何が残るというのか。

それがアニメであれゲームであれ、本気でハマることができる、というのが、ぼくの最後の砦《とりで》であり、生命線だった。

たとえリアルが充実していなくても、アニメやゲームを心から楽しいと思えるからこそ、ぼくは生きてくることができた。

強がりでもなんでもなく、ぼくは幸福だったのだ。

実際、パソコン部にも、ぬるいオタクがいて、ほかに熱中できることがないから、ひまつぶしとしてアニメを観ているだけだったりする。そいつらと、ぼくは違うという自負めいたものがあった。

リアルの世界では決して得られない深い感動を、ぼくはアニメやゲームから受けることができる。これは、選ばれし者の能力なのだと、今さらながらに気づいた。

冷めてしまうほど、おそろしいことはない。

それまでの自分、全否定だ。

もし、飽きてしまったら、この部屋にあるコレクションすべてが、価値を失う。

大切だと思っていた、その気持ちがなくなって……。

そして、空っぽになる。

たぶん、ぼくを殺すものは「虚無」だ。

むなしい、と思ってしまったとき、ぼくは死ぬしかなくなる。

それがわかっていたから、ぼくは必死で、自分の中の情熱を呼び覚まそうとした。

アニメを観て、観て、観て、ひたすら観まくって……。臨界点を突破して、ようやく、アニメに夢中になる感覚を取り戻すことができた。

そして、画面の中のキャラクターの行動を手に汗握って見守り、運命に翻弄《ほんろう》された主人公が、何度も何度も絶望の淵《ふち》に沈みながらも、あきらめずに挑んで、試練を乗り越えて、ついに大切な人を守りきったラストシーンで、泣いている自分に気づく。

高校生にもなって、アニメに感動して、涙を流す……。

それでこそ、笹川勇太だ。

戻ってこられるものなんだな……とほっとした気持ちで、しみじみ思う。

ただいま、アニメの住人たち。

可愛い声、わかりやすい笑顔、心の安らげる世界。

ぼくには帰れるところがあるんだ。こんなに嬉《うれ》しいことはない……。

昼休みも、龍樹たちと弁当を食べることはなくなった。部室に顔を出して、なるべく、先輩たちのアニメ鑑賞会につきあうようにしている。

アニメに対する情熱を失いかけた経験によって、ぼくは悟った。

熱いものは冷める。エントロピーは増大する。時は絶え間なく進む。世界は変容し続ける。ずっとおなじものなんて、存在しない。放っておけば、人の心は変わるのだ。

だから、接点さえ持たなければ、森さんに対する気持ちも、少しずつ、消えていくだろう。

ほかならぬ森さん自身が、言っていた。

好きという気持ちは育っていくものだ、と。

すなわち、養分がなければ、それは育たない。水もやらず、太陽の光もなければ、花は咲かずに枯れていく。新作が出ず、メディアミックスもグッズ展開もなければ、人気は下火になり、ファンが減っていくのとおなじだ。

何もしなくてもいい。じたばたする必要なんかない。不可逆的な時間の流れに身を任せて、ただ、待てばいいだけのこと。

部室で観ていたアニメが終わり、エンドカードが画面にあらわれる。

「うむ、いい最終回だった」

部長の言葉に、ぼくもうなずく。

「原作が良すぎたから、アニメはどうなるかと思いましたが、スタッフに恵まれましたよね」

それから、作画や演出や声優の演技などについて、しばし語り合う。

楽しいひとときだ。

それなのに、胸の奥が、ざわめく。

どこかで、ルート選択を間違ったような……。

これは、トゥルーエンドじゃない。真実の結末が、べつにあるような……。

居心地のいい場所にいながらも、何かが引っかかって、どこかへ走り出したい焦燥感にかられて……。

会話が途切れて、部長が軽く眉《まゆ》を寄せる。

「どうした？　何か気になることでもあるのか？」

「いえ……。あの、そういや、風の噂で聞いたんですが、部長って彼女いるんですよね？」

部長はすらりと背が高くて、面倒見が良く、気配りのできる人で、彼女がいても納得の御仁だ。

「おう。まさかの切り返しだな」

「素朴な疑問なんですけれど、彼女ができても、オタクって卒業しないものなんですか？」

唐突な質問に、自分でも驚く。

何を聞いているんだ、ぼくは。

「自分が持っている愛の総量の問題、ってところだろうな」

真顔で、部長は言った。

「大切なものが、たったひとつでなければいけない理由なんて、どこにある？　好きなものが多ければ多いほど、人生は楽しめる」

愛なんて言葉を恥ずかしげもなく口にできるあたり、さすがイケメンは違う。

「リアル彼女も可愛いし、二次元も可愛い。どちらも大切だ。たっぷりと愛を持っていれば、両方に捧《ささ》げることができる」

なるほど、一理ある。

部長くらい度量の広い人であれば、そういうことも可能なのだろう。ぼくはゲームですら、複数キャラの同時攻略ができない男ではあるが……。

そんなことを考えながら、教室に戻る。

おなじ教室にいる以上、嫌でも結城さんの姿が、視界に入ってくる。

結城さんはバレー部の友人と談笑している。けれども、会話を終えて、自分の席に戻ろうとした瞬間、その顔から表情が消えることに、気づく。

この一か月間、結城さんは精彩を欠いている。普段どおりに振る舞ってはいるが、元気がないことは明らかだ。

あのあと、かすみさんとの関係はどうなったのだろう。

まあ、ぼくが気にしたところで仕方ないか。


放課後になると、教室に龍樹がやって来た。

龍樹がぼくに話しかけて、その会話に森さんも加わり、三人でとりとめのない雑談をする。森さんと話すのも、慣れたものだ。つかえたり、声が裏返ったりもせず、ただのクラスメイト、彼氏の友人としての立ち位置で、普通に会話することができている。

「そんじゃな、勇太」

「また明日《あした》ね、笹川くん」

龍樹と森さんが寄り添って、仲睦《なかむつ》まじく教室から出て行く。

ふたりの後ろ姿に、ぼくは羨望《せんぼう》のまなざしを向けるのだが……。

あれ？　そんなに、胸が痛くない……？

少し前なら、ふたりが一緒にいるのを見て、こんなに穏やかな気持ちではいられなかった。

それが、今、びっくりするぐらい平気だ。

早すぎるだろ。そりゃ、森さんへの気持ちが消えることを願っていたわけではあるが。

おいおい、なんだよ、これ。

放心状態で、立ち尽くす。

あんなにぼくを苦しめていたものが、思いがけないほどあっけなく……。

胸の奥に、苦痛はない。

ただ、喪失感だけが、そこにはあった。

龍樹と森さんが立ち去って、しばらくして、結城さんも教室から出て行く。

すっと背筋の伸びた後ろ姿、まとめた長い髪、白いうなじ。

目が、離せなくなる。

だが、それもわずかな時間のこと。結城さんの姿も、すぐに見えなくなった。

結城さんへの気持ちが、どの程度、残っているのか、自分ではわからない。

だが、こちらも時間の問題だろう。

森さんへの気持ちが消えたように、結城さんのことも……。

そう考える一方で、もうひとりの自分の声が響く。

いいのか？　本当に？

自分の世界を守るために……。

結城さんのことを切り捨てて……。

いや、でも、なんだよ、切り捨てるって？

そもそも、結城さんはぼくのことを、必要としていない。

もし、結城さんが助けを求めていて、ぼくにできることがあるのなら、いくらでも力になろう。けれども、そうじゃない。結城さんはべつに、ぼくのことなんて……。

だいたい、この間までのことが、べつの世界のできごとのようなもので、本来なら、ぼくと結城さんは何の関係もなかったはずだ。

そう、元に戻っただけのこと。

おなじ時代に、おなじ高校に通ってはいるが、無関係なふたり。

学年があがって、クラスが替わって、そして、卒業して、もう二度と、会えなくて……。

何の巡り合わせか、一瞬だけ、交差した人生。そう、あのときだけの……。

嫌だ！

突然、叫び出しそうになる。

もう、認めずにはいられなかった。

ずっとひとりでいい、だって？

ああ、そんなの本心じゃない。

これ以上、自分の心に嘘はつけない。

ぼくが、必要としているんだ。

結城さんのことを。

忘れたくない。

一瞬だけ、交差した人生。そのあとは、またべつべつの世界で、生きていく……。

それでいいと思った。それでいいと思えるはずだった。それでいいと思おうとした。

でも、ぼくの人生に、結城さんの存在があり続けるという世界だって、もしかしたら……。

好きになっても無駄。

キスをすることも、この手で抱きしめることもできない。

ああ、そうだな。で？　それがどうしたっていうんだ？　そんなもの、大した問題じゃない。

なにしろ、このぼく、笹川勇太は二次元のキャラクターを本気で好きになったことのある男だ。触れることはおろか、決して画面から出てくることはない相手を愛して、満足していた。

見ているだけ、観測するだけでいい。

けれども、ぼくの世界から、消えないでほしい。

だから！

今は、まだ、無理だ。
ぼくは結城さんとは釣り合わない。そもそも、結城さんは男に興味がない。
フラグが立っていない。
ぼくが結城さんに告白したところで、本物の恋人同士になることなど、不可能だ。
それはわかりきっている。
だが、それは「今」に限ってのこと。
キーワードは「タイミング」だ。
考えろ。考えるんだ。
これまで結城さんと交わした会話をテキストにして、頭の中で読み返す。
どうすればいい？　どうしたい？
確率は一パーセント未満だろう。
だが、ゼロではないかもしれない。
つながりを、保ち続けること。
そのために、最良の選択肢を考えるんだ。
効果的なセリフを。
選択肢を与えて、ルートを選ばせる。
結城さんの人生に、ぼくが関わり続けることを。

意を決して、ぼくは教室から飛び出した。
校門を出たところで、結城さんの姿を見つけ、走って、追いかける。
行動をしなければ。
世界線を越えるために。
今こそ、実行に移すのだ。
未来には無限の可能性がある。
それを信じるんだ。
時は来れり！
「待ってくれ、結城さん！」
声をかけると、結城さんが振り向いた。
目が、合う。
心臓が、ばくばくする。
この一か月、言葉も交わしていない。
新しい燃料は、投下されていない。
なのに、なんで、こんなに、まだ胸が熱くなるんだよ。
「なに？」
けげんな顔で小首をかしげる結城さんに、ぼくは言う。

「あのさ、また、服を買いに行くのにつきあってくれないか?」

Chapter 24

誕生日だというのに、あたしはひとりで、祝ってくれる人もいない。

今日、あたしは三十四歳になった。かといって、何が変わったというわけでもない。普段とおなじように仕事をして、普段と変わらない一日が過ぎていく。

高校生のときに志望したとおり、医学部に進んで、産婦人科医になった。そして、大学病院で経験を積んだ後、さらなるスキルアップのため、海外派遣に参加して、今は高校生のときには思いもしなかった場所で、医療活動を行っている。

医師を志した十七歳のときから、二倍もの年齢になったなんて、不思議な感じだ。自分があのときの二倍、成長したかというと、そんなことはまったくない。

いくら年月を経たところで、人間の本質的な部分は変わらないままだ。

十七歳。遠い昔みたいで、つい、この間のことのような気もして……。

病院のドアを開け、異国の地の蒸し暑い風を肌に感じながら、あたしは感傷的な気分になる。

初恋の人は特別だ。あたしはいまだに、かすみちゃんの面影を追い求めている。

これまでつきあった女の子たちは、みんな、どこか、かすみちゃんに似ていた。

昨日、別れた恋人も、例外ではない。性格はまったく違ったけれども、声や笑い方がかすみちゃんを思い出させた。

本物のかすみちゃんとは、高校生のときに絶交されて以来、一度も会っていない。でも、似た人を見ると、どうしても好きになってしまう。

同性間であっても、異性間であっても、恋愛におけるいざこざというのは大差ない。三角関係、嫉妬《しっと》、浮気、破局……。もう、何度も恋人を失った。

そして、昨日の夜も、日本に残してきた恋人からメールがあり、「やっぱり、遠距離恋愛は無理だったみたい。ほかに好きな人ができました。ごめんなさい」と一方的に別れを告げられたのだった。振られるのは初めてではないし、薄々、恋人との関係に終局の気配を感じていたとはいえ、今回は職場でもトラブル続きなので、それなりにダメージは大きい。

駐車場まで歩きながら、あたしは思わず、溜息《ためいき》をつく。

「はあ、疲れた……」

緊急手術が長引いたのだが、それだけなら問題はなかった。結果的に手術は成功で、母子ともに無事だった。

疲労感の原因は、難しい手術を終えたことを、誰かと喜び合うことができない、という現状にある。

チームリーダーの男性を敵にまわしたせいで、最近、職場で孤立しているのだ。プライベートで誘いをかけられ、それに色よい返事をしなかったところ、相手はへそを曲げて、嫌がらせを行うようになった。あたしが同性愛者だということを公言すると、ますます嫌悪感をあらわすようになったのだから、どうしようもない男だ。

あたしの趣味が写真だと知ると、観光気分で来ているとか、当事者意識が足りないとか、まわりに言いふらして、現地スタッフたちもそれを真に受けてしまった。

あたしが少しでもスタッフや看護師のミスに強い口調で注意しようものなら、ここぞとばかりにチームリーダーがフォローに入る。彼のやり口は陰険だ。あたしを悪者に仕立てあげ、共通の敵とすることで、チームの結束を高めている。

自分は要領がいいタイプだと思っていたし、集団の中でうまく立ちまわることができるつもりでいたけれど、まさか、大人になって、こんな目にあうとは……。

「ああ、お茶漬け、食べたい……」

病院から出たことで、緊張がゆるんで、自分がものすごく空腹だと気づいた。

部屋に帰った後、何を食べよう……。

日本食のストックは、もう尽きてしまった。

現地の食事が口に合わないということはないが、それでも、こんなときにはお茶漬けの味が恋しい。

「出発前に、笹川くんと食べに行った店、おいしかったな……」

話す相手もいないから、独り言をつぶやく。

日本を出る前、当分、和食を楽しむ機会はなくなるからと、ちょっと奮発して、高級料亭に食べに行った。そこの鯛茶漬《たいちゃづ》けのおいしかったこと……。

笹川くんとふたり、その感動的な味に目を見張り、話すのをやめて、夢中で食べた。

その味を思い出して、ますます、おなかがすく。

考えてみると、笹川くんとのつきあいも長い。

高校で知り合って、一緒に買い物に行くようになって、学年があがってクラスが替わったり、卒業してべつの大学に通うようになっても、シーズンごとに、笹川くんは声をかけてきた。

「そろそろ、新しい服を買いに行きたいのだが、つきあってくれないか?」

春物、夏物、秋物、冬物、彼が就職活動をするときにはスーツを選ぶのも手伝った。

彼の買い物につきあって、食事に行って……。いつも、おごってもらうばかりだと悪いから、たまにはあたしもひとりでは行きにくい店に誘ったりして、なんだかんだで、年に四、五回くらいは顔を合わせている。職場の人間関係がうまくいっていないときは、余計に、学生時代からの友達というのは貴重だと痛感する。

昨日、恋人から別れ話を切り出された後も、笹川くんに電話をして、愚痴ってしまった。

今日も彼に話を聞いてほしかったが、さすがに連日は気が引ける。

それに、彼の都合もある。

今、向こうは日曜の昼だから、外出しているかもしれない。

帰国をしたときには、また食事に行く予定だが、まだまだ二か月以上も先の話だ……。

そういえば、昨日の電話で、笹川くんはおなじ部署で働いている後輩の女の子からアプローチされているっぽいという話をしていた。もし、彼に恋人ができてしまえば、これまでのように気軽に食事にも行けなくなるだろう……。

再び、軽く溜息をついて、車のドアを開けようとしたところ、メールの着信があった。

差出人は、笹川くんだった。

件名『誕生日おめでとう』

「この年になると、自分の誕生日なんてどうでもいいけれど、結城さんの誕生日は特別なので。

昨日の電話では、かなり落ちこんでいるようで、気になりました。その後、大丈夫ですか？

職場でも大変みたいだし、ぼくでよければ、いつでも相談相手になるから。

ところで、高校生の頃に、こんな話をしたのを覚えているでしょうか？

恋愛において、大事なのはタイミングだ、と。

昔、ぼくが好きだった森さんについて、彼女がひとりでいて、落としやすかったときに、たまたま、今の彼氏がアプローチしたからつきあっているだけで、相手は誰でもよかった……なんて、結城さんが言うのを聞いて、内心で憤慨したものです。

タイミングさえ合っていれば、ぼくにだって落とせた……なんて、そんなわけないだろう……と思いながらも、あのとき、結城さんとした会話は、とても示唆に富んでいたのでした。

それから、もうひとつ。

群れから離れた個体は狩りやすい、という結城さんの言葉も、印象に残っています。

そこで、ぼくはある計画を立てたのでした。

ずっと、そばにいて、つながりを保ちながら、様子をうかがって、タイミングが来るのを待つ……。

タイミングが来なければ、結城さんの人生がうまくいっているということで、それはそれでいいことだし。

そんなわけで、ぼくはさりげなく、そのときを虎視眈々《こしたんたん》とねらっていたのですが。

どうやら、今が千載一遇のチャンスのようです。

しかし、踏み出すのには、勇気がいるというか……。

これまで以上の関係に踏みこんで、面倒なことになるよりも、今のままの関係を続けているほうが幸せじゃないだろうか、という気もしないではないのですが、まあ、やってみるとしましょう。

タイミングをはずしていないことを祈りつつ。

結城さんから初めてもらったメールにちなんで、こう記しておきます。

今。

空港にいるから」

ええええええっ？

そこに書かれていた文章に、あたしは目を見開いた後、瞬《まばた》きを繰り返す。

空港って？　せめて、空港の名称くらい書きなさいよ。この町には空港はひとつしかないから、たぶん、あそこだとは思うけれども……。

そんなことを考えながら、あたしはすでに空港に向かって、車を走らせていた。唖然《あぜん》とする一方で、やっぱり、そうだったのか……とも思う。

笹川くんがあたしに惚《ほ》れている、という可能性を考えなかったわけじゃない。けれども、そんな素振りは見せなかったから、そのうち、あたしもそれが友情なのか愛情なのかなんてことは特に意識しないようになっていた。

空港に着き、車を降りて、ターミナルに向かい、彼のことを探す。

馬鹿じゃないの。いい年して、何やってるんだか、まったく……。すぐにメールに気づいたからいいけれど、仕事中だったら何時間も待つことになったというのに……。どこにいるのか電話をかけて聞こうかと思ったところ、待合室のベンチに、笹川くんの姿を見つけた。

いた、本当に……。

その場で、彼のことをながめる。

いい男になったな、と思う。

服のセンスがいいのは、あたしが選んでいるのだから当然だとしても、服に負けていないというか、それなりに着こなせるようになっている。

高校生の頃に比べたら、ずいぶんと成長したものだ。

思いがけないできごとだが、今、目の前に彼がいることに対して、喜んでいる自分に気づく。

ふいに、笹川くんが顔をあげた。

彼の目が、あたしを見つける。

「結城さん！」

嬉《うれ》しそうな顔で、笹川くんが名前を呼ぶ。

そのまなざしに、圧倒されそうになる。

こちらを見つめる彼の視線、笑顔、すべてから、あたしに対する好意があふれていた。

ずっとずっとずうううっと帰りを待ちわびていた忠犬が、ついにご主人様に会えたときには、たぶん、こんな感じだろう。

「メール、読んでくれたんだよな？　あのさ、いきなり、ごめん。でも、どうしても、今、言いたくて……」

立ちあがると、笹川くんはまっすぐに、こちらを見つめる。

そして、告げた。

「ぼくは、結城さんのことが好きだ」

いまどき、高校生でもしないようなストレートな告白に、気恥ずかしくて、こちらが赤面してしまう。

そもそも、言われなくても、見た瞬間から、わかっていた。

全身全霊、彼のすべてが、全力で、あたしのことが好きだと、伝えてくる。

こんな顔、これまで一度だって、見せたことなかったくせに。

こいつ、とんでもない、嘘つきだ。

今まで、すっかり、だまされていた。

「結城さんは？」

照れたように笑いながら、笹川くんはこちらをうかがう。

「ぼくのことをどう思う？　正直な意見を聞かせてくれ。ぼくたちは、恋人同士になれる可能性があるのか？」

そう問われ、返答につまる。

あたしは、笹川くんのことを……。

会話が楽しい。

食の好みが合う。

いつのまにか、大切な存在に、なっていた。

彼が、男でなければ……。

笹川くんが、女の子だったらよかったのに。

もし、女の子だったら、迷いなく、好きだと思えた。

あたしは男には興味はない。あたしは女の子が好きだ。それが、自分という人間だと思っていた。

でも、そんなこだわりなんて、どこかに吹き飛んでしまった。

これほどの好意を向けられてしまえば、もう、認めるしかない。

手放したくない。この先も、ずっと。

あたしの人生から、笹川くんがいなくなるなんて、耐えられない。

そう、だから……。

完璧《かんぺき》な人間なんていない。

彼が男であろうと関係ない。

性別なんか、ささいな問題だ。

うん、試してみよう。

あたしは彼に近づくと、返事の代わりにキスをした。

彼を抱きしめ、背中に腕をまわして、深く深く。

友達相手には絶対にしないであろう種類のキスを……。

解説

佐々木敦

本作『ぼくの嘘』は、もともとは二〇一二年十月に単行本として刊行された作品である。作者の藤野恵美はジュニア小説出身だが、日常系ハートウォーミング・ミステリの傑作『ハルさん』（二〇〇七年）以後、一般文芸のジャンルでも活躍している。『ぼくの嘘』は、先に文庫化されている『わたしの恋人』の続編である。どちらも高校生の恋心を描いた、甘酸っぱくも爽《さわ》やかな青春恋愛小説である。

最初にお断りしておかなくてはならないが、もしも『わたしの恋人』を未読で本書を手に取っている方が居られたら、先に前作を読むことを強くお薦めする。よくシリーズ物で「どれから読んでも構わない」という売り文句があるけれど、この二冊だけは順番通りに続けて読まなくてはならない。そうしないと、作者がこの連作に巧妙かつ繊細に仕掛けた驚きと感動が減じてしまうのだ。たぶん書店では横に並んでいる。二冊一緒に買っても千円ちょっとの筈《はず》である。投資をはるかに上回る最高の読後感を約束しよう。何しろわたし自身が、『わたしの恋人』『ぼくの嘘』と続けて読み進み、本作のラストに辿《たど》り着《つ》いた時、藤野恵美のたくらみのあまりの見事さに、思わず涙腺《るいせん》を緩ませつつ唸《うな》りまくったのだから。

というわけで、まずは前作『わたしの恋人』のおさらいから始めたい。描かれていたのは、高校一年生の古賀龍樹と、同じ学年の森せつなの物語である。龍樹はものすごく仲睦《なかむつ》まじい両親のもとで天真爛漫《てんしんらんまん》素直で快活な男の子に育てられた。恋愛感情なんてまだピンと来ないと思っていたのだが、ある日、保健室で寝ていたせつなと偶然に出会い、ひとめ惚《ぼ》れに近い恋に落ちる。彼はせつなと同じクラスの幼馴染《おさななじ》みの親友、笹川勇太から彼女にかんする情報を得て、せつなにアタックする。ところがせつなは、両親の不仲のせいで、恋愛というものにあらかじめ嫌悪と絶望感を抱いた女の子だった。さて、どうなるか、というのがストーリーである。

龍樹とせつなの視点（一人称）が交互に並べられていくことにより、刻々と変化してゆく二人の心境がつぶさに描かれてゆく。恋愛にかんして対照的ともいうべき感覚を持った二人は、どうやって結ばれるのか……思わず書いてしまったが、そう、龍樹とせつなは結ばれるのだ。龍樹の恋心は成就し、せつなもそれに応《こた》える気持ちになる。ネタバレかもしれないが、これを書かないことには本作『ぼくの嘘』のことは一文字も記すことが出来ないので、ご容赦願いたい。

さて、近年稀《まれ》に見るほどのピュアでストレートな恋愛小説だった『わたしの恋人』

に続いて、本作を読み始めた読者（わたし）は、いきなり驚かされることになる。今回は、前作では名バイプレイヤーぶりを披露していたオタク少年、笹川勇太のモノローグで始まる。そしてなんと、彼は『わたしの恋人』ではおくびにも出していなかった親友の恋人、森せつなへの慕情を、せつせつと語り出すではないか。そうだったのか……。

先にも述べたように、『わたしの恋人』は古賀龍樹の「おれ」と森せつなの「わたし」が交互に語る形式だったので、勇太が心の内に秘めていることは当然わからなかったのだ。語り手が「ぼく」になってはじめて、隠されていたもうひとつの恋心が明らかになったわけである。この露見によって『わたしの恋人』における勇太の言動にも、まったく違った光が当てられることになるだろう（再読必至である）。上手《うま》いなあと感心しつつ読んでゆくと、この作品のもうひとりの主役、ヒロインである結城あおいが「あたし」として登場する。彼女は「学校一の美少女」と呼ばれる存在で、ルックスに違《たが》わぬ自信と確信に満《み》ち溢《あふ》れた性格の持ち主だ。あおいがたまたま学校の屋上で森せつなのカーディガンを抱きしめている勇太をケータイで撮影してしまったことから、物語は走り出す。

あおいは勇太に、彼の秘密をバラされたくなかったら、自分の彼氏のフリをしろ、と命じる。なぜ彼女がそんなことを言うのか、そこにはあおい自身の恋心がかかわっている。もちろんそれは勇太に対するものではない。勇太も別に嬉《うれ》しくはない。彼が好きなのは森せつなななのだから。というわけで、オタクと美少女の偽カップルが誕生し、或《あ》る計画に挑む（？）ことになるのだが……。

れっきとした続編でありながら、本作の雰囲気は『わたしの恋人』とはまったくと言っていいくらい違っている。ぱっとしない風貌《ふうぼう》にメガネ、学校でも相当に地味目な存在で、更にはアニメや映画が大好物のオタクである非モテ属性満載の勇太が、誰もが振り返るほどの美人であり、何事につけ女王様然としたあおいに翻弄《ほんろう》されまくる展開は情けなくもユーモラスで、思わず苦笑失笑してしまう。前作とのコントラストはエピソードのレベルでも施されていて、森せつなの趣味はホラー映画鑑賞、それも結構マニアックなのだが、本作にもホラーハウスの場面がある。そしてそれは、森せつなと結城あおいという二作品のヒロインのキャラクターの違いを、さりげなくも深い部分で描いているのだ。何故ホラーなのかも謎といえば謎だが、ある意味、ドキドキするという点で恋心に近い感情として導入されているのかもしれない。

また、前作でもホラー映画のウンチクが微妙に語られていたが、本作には勇太の趣味のせいで、『機動戦士ガンダム』『新世紀エヴァンゲリオン』『魔法少女まどか☆マギカ』『さよなら絶望先生』『輪るピングドラム』『シュタインズ・ゲート』などのアニメから、さまざまな引用がされている。意外（？）にも図書室常連の文学少女であるあおいとの違いが、この凸凹似非《でこぼこえせ》カップルの組み合わせの妙を、より際立たせている。おそらく作者の藤野恵美自身は、二人を掛け合わせたような趣味なのだろう。ともあれ、必ずしも明示はされてない引用や参照を見つけ出すことも、本作を読む愉《たの》しみのひとつである。

あおいの秘めたる片思いの顚末《てんまつ》が、本作の表のストーリーなのだが、その背後で、勇太の内面に少しずつ変化が訪れる。作者がほんとうに描きたかったのは、むしろこちらの方だろう。そして、エンディングに至って、この小説は、青春恋愛小説から大きく離脱する。それがどういうことなのかをここで書くわけにはいかないが、ほんとうにわたしは虚を突かれた。考えてみれば、こういうのは過去に幾らだって例があったのに、まったくもって油断していた。藤野恵美の筆は、何気ないようでいて、実に達者で巧緻《こうち》だ。読み終えつつわたしは、これはまるで、ものすごくよく出来た映画のラストシーンを見ているようだと思った。繰り返すが、その結末を記せば、未読の方はよくあるパターンだと思うかもしれない。わたしだってきっとそう思う。にもかかわらず、虚心で読んでいったなら、必ず最後にあなたは驚く。そして泣かされてしまうだろう。そして、ああ、この場面を描くために、この感情を描くために、ここまでの全ての物語が存在していたのだと、心の底から納得するに違いない。

『わたしの恋人』と『ぼくの嘘』、なんてシンプルな題名だろうと、読む前には思うかもしれない。だがすでに二作を読み終えたあなたなら、なんて深い題名なんだろうと感じ入っているはずだ。「恋人」とは如何《いか》なる存在なのか。「わたし」の恋人であるとは、どういう意味なのか。「嘘」とは何か。「ぼく」の嘘とは、どこからどこまでのことなのか。物語のさまざまな場面や台詞《せりふ》や挿話が照応し合い、豊かで複雑な交響楽を奏で始める。けっして厚くはない二冊なのに、贅沢《ぜいたく》な読書体験を与えてくれる。藤野恵美は実に上手な書き手だ。そして、それはこの場合、ひとの（恋）心をよく知っている、ということでもある。

ぼくの嘘《うそ》

藤野恵美《ふじのめぐみ》

平成27年 1月25日　初版発行

発行者●堀内大示

発行所●株式会社KADOKAWA
〒102-8177　東京都千代田区富士見2-13-3
電話　03-3238-8521（営業）
http://www.kadokawa.co.jp/

編集●角川書店
〒102-8078　東京都千代田区富士見1-8-19
電話　03-3238-8555（編集部）

角川文庫 18975

印刷所●株式会社暁印刷　製本所●株式会社ビルディング・ブックセンター

表紙画●和田三造

ISBN978-4-04-101587-2　C0193

本書は 2012 年 10 月、講談社より単行本として刊行されました。